温もりのなかで

太田 雅

OTA MIYABI

文芸社

目　次

はじめに　5
すべてを乗り越えて　13
後書き　116

はじめに

昭和四十三年六月十日、私は千葉県夷隅郡の自宅で二人姉妹の末っ子として、産婆さんの手によってこの世に産声を上げました。

父も母も、二人目は男の子がほしかったようで、父も母もよく、

「おまえは、お母ちゃんのお腹に忘れ物してきちゃったんだね」

と言っていました。

私は朝のテレビ番組でピノキオを見て、おじいさんに会えないピノキオがかわいそうで、泣き泣き保育所へ行ったり、三つ上の姉が夏休みになると、いっしょに休みたくてだだをこねて大泣きしたりと、いつも姉の後を追い回している元気で甘えん坊な女の子でした。

一番楽しかったのは小学校で、友達や授業の思い出が、今だに夢に出てきます。

私は夢をとてもよく見るのですが、昔の夢というとそのほとんどが、小学生時代の頃のことといってもいいくらいです。近所の幼なじみの女の子と畑や田んぼを走り回ったり、おままごとをしたり、と思い返せばほんとうにたくさんの楽しい思い出がつまっている時代でした。

そんな私も、姉が高校へ進学した年に、中学に入りました。

一年の時は、ごく普通の中学生だったと思いますが、二年生の半ばくらいから反抗期だったのでしょうか、近所に住む先輩とツルんで出かけてみたり、学校をサボったり、いわゆる「ツッパリ」というやつです。

もちろん、服装は派手になりパーマもかけました。他の学校の友達と出歩いて外泊したり、家出をしたり、自由気ままに勝手なことをしていました。

公務員だった父は厳しく、横道にそれて行く私をひどく嫌ってほとんど話をしなくなりました。顔を合わせればけんかになり、田舎の言葉で小言を言う父に冷たさを感じ、いつしか顔も合わせなくなってしまいました。

知人の紹介で転校もしましたが、続かず、困りはてた両親は、やはり人の紹介で私を児童相談所へ入れたのです。そこは、二、三十人の家庭に事情がある小・中学生が、いっしょに生活する施設です。

そこの生活は決してつらいものではありませんでしたが、何週間か生活をする間に友達になった三人とそこを脱走して捕まったりと親の心配もよそにメチャクチャなものでした。

私は自分自身がどんな事情でそこに入れられたかなど、知るよしもありませんでしたが、ともかく、家庭に戻り、もう一度学校へ通うということになり、父と母が迎えに来てくれました。久しぶりに会う父でしたが、迎えに来てくれたことが、なんとなく嬉しかったのを覚えています。

その後もとの中学へ戻りますが、みんなと一緒の授業には出ず、担任が音楽の教師であったため、音楽室の準備室へ私は通いました。相変わらず、スカートはゾロびくほど長く（その頃のツッパリは）カバンはペッタンコ。自分がひねくれてそうしていたかどうかはよく覚えていません。ただ、担任の先生はよく私に話かけてくれました。

何かに打ち込めるようにと、英語の先生に勧められて、「くもの糸」の英語のスピーチでコンクールに出たり、卒業作文を全校生徒の前で読んだり、先生方も心を配ってくれました。きっと手をやいたことでしょう。

中学を卒業できたのは先生方のおかげといえるかもしれません。

卒業後、進学はせずゴルフ場に勤めましたが、長続きせず、職場も転々と変えました。

その年の冬、友達の後輩だった元だんなと知り合い一緒に生活するようになりました。

彼は相当の悪で、周りの後輩などは近寄りがたいというほどの人でした。けんかっ早く、自信満々、遊びは天才的に上手。悪いと言われることは一通り手をつけ、女の私も毎週単車の後ろへ跨がり、暴走族の集会へも出かけました。彼は、だんだん働かなくなり、けんかばかり！　ちょっとのことで口げんかになり、手や足が飛んできて、血まみれになったこともありました。

それでもついていたかったのですね。

十八歳で籍を入れ十九歳で長女を生みましたが、その数カ月後再三の暴力に絶えかね、離婚に踏み切りました。

その時は必死でしたが、今思うとまるでままごと遊びのようでした。私は実家へは帰れず、アパートを借りて長女と二人暮らしを始めました。

工場で働き始めましたが、彼とはまだつき合いが切れず、その四年後、なんとかお互いうまくやっていけないかと話し合い、復縁しました。

しかし、次女が生まれるとまた遊びぐせが始まり、子育てはおろか仕事さえ行かなくなり、生活は途方に暮れた状態でした。当然、生活費に困り、給料の前借りやローン会社からの借金が重んでいくのに、酒好きで飲むと酒乱になり怯える毎日でした。

小さな子をかかえて働くことはとてもたいへんで、家で内職をしたりしましたが、毎日のようにけんかで生傷が絶えませんでした。

別れる、別れないでどれほどもめたことでしょう。

母は

「別れなさい」

と私に常々言っていましたが、なかなか決断はできず、時間だけが過ぎていきました。

しかし、次女が一歳になる前に、二度目の離婚はやってきました。

その間、私と彼との間にできた子供の中絶は三回にも及んでいました。

私は隠れて避妊薬を飲んでいました。

二回とも私からの離婚希望でした。

彼は、

「おぉ上等じゃねえか」

ってくらいな調子でした。

二人の子供をかかえて始まった新しい生活は、とても厳しいものでした。

何十社も面接を受けて歩きましたが、世間の風はそんなに甘くなく、自宅でいくらにもならないワープロの入力をしながら、後は、母に助けてもらっていました。

しかし、どこへ引越しても、腐れ縁とはよくいったものです。縁が切れず、私はいつしか彼から逃げるようになったのです。車で追いかけてきてカーチェイスのようになったこともあります。

何年も一緒にいると、情というものができ、仕事をしていない彼が、

「腹が減ったよぉ。死にそうだよ」

なんて言ったりすると、お人好しの私は自分の生活も大変なのに、お弁当を買ってあげたり、お金を借してあげたりしてしまう自分がいました。

惨めで情けない姿は、同情にも似ていました。

こんなことを繰り返しているうちに、私は我に返り、このままでは、心の底から笑って

過ごせる日がこないのではと思い始めたのです。

それでもズルズル同じ状態が続きました。両親にはどうにかして迷惑をかけたくないという思いが強くなり、どうにもできない自分にいらだつこともありました。

よく、子供のために別れるという人がいますが、私は決して子供のために別れたわけではありません。あくまでも私自身のために離れたと子供にも話をしています。

その何年かあとに、今の主人と同棲するアパートへ引越すわけですが、何故だかピタリと縁が切れ、今現在まで会うこともなく至っております。

今までの自分のやってきたこと『人に迷惑をかけ親不幸をしたということ』をのぞけば、自分自身では、後悔はしていません。自分なりの道を歩んでメチャクチャしたけれど、結果的には、二人の子供も生まれ、この上後悔するということは、子供を生まなきゃよかったということになるのですから。

よく、「戻れるとしたら何年前に戻りたい？」と聞かれたりしますが、もしそこで私が小学生と答えたとしたら、またやり直しの人生で親不幸はしなくて済むかもしれませんが、娘二人にも会うことはない人生だったと思うので、私はその度に、

「今のままでいいよ」

とこう答えるでしょう。

離婚して最初の何年かは用もないのに毎週実家へ行って時間をつぶしたり、本屋や図書

館へ行ってみたりと……。じっとしていると自分に負けそうで仕事に熱中している時が、何よりも楽でした。

あのけんかばかりの日々で、私はたくましくなり、子供をかかえて暮らすには厳しいことばかりでしたが、ちょっとやそっとじゃ負けない（いい意味かどうか分かりませんが）ということを学んだと思っています。

これは今の私があるから言えるのだと思います。

子供の頃から親に心配ばかりかけてきた私が、今の主人に出会い、それまでの人生が逆転してしまうほど人生観が変わり、ちょっとだけ大人の考え方、常識ができてきて、ちょっとずつ幸せをつかみ、歩んでいます。

親不幸者の私が、図々しくも幸せをつかみ、主人や子供と共に感動し、泣いたり笑ったり、また悩んだりした三年間をここに、綴ります。

すべてを乗り越えて

現在私の家族は、五人です。
まずは我が家の大黒柱、薫《かおる》ちゃん。三十六歳
いつも妹と大げんか、おしゃべりだけど一番のしっかり者　長女、加奈子《かなこ》・愛称　加奈
十二歳（小六）
泣き虫でわがまま、その上大のお調子者の次女、美久《みく》・愛称　みい八歳（小二）
そして最後は長男、寛太郎《かんたろう》・愛称　寛《かん》二歳です。
最近、ますますいたずら盛りで、私の顔色を見ながらいたずらに励んでいます。
鳥が大好きで、『こっこ、こっこ』と家のすぐそばの鳥を飼っている所へ連れていくと一日中でもあきないほどです。
――なぁんて子供の荒探しばかりですが、これでもちゃんと一人一人いい所は持っていて、もちろん私は三人の母親だから真っ先に良い所を強調してあげたいのですが、何故か手が滑ってしまったのです。

後に子供達を登場させ、そこでまた私がどれだけ彼（彼女）達を愛しているか分かってもらうことにします。

あっ、肝心の私の紹介がまだでした。

私は三十一歳の専業主婦。

夫の薫ちゃんには、甘えてばかり、その反面上の子供達二人には、ビシビシ思いつきでいつも怒鳴ってしまう、ごくごく普通のどこにでもいる？　ママです。

話は四年前の夏にさかのぼります（当然の事ですが、寛はまだ私のお腹の中にも存在していません）。

私は、薫ちゃんと同じ職場で三年間勤めていましたが、上司の薫ちゃんと一年近くも前から付き合っていることは誰も知らず、働きづらいということで、私は渋々辞めることにしたのです。

仕事を辞めて一、二カ月は何だか退屈で、また仕事へ出たいと思っていました。

でも加奈やみぃは、私が仕事を辞めて家にいることが何よりも嬉しかったのでしょう。

「ねぇママ、もうどこへもお仕事行かないよね」

と言っては、ニコニコするのです。

それもそのはず。みぃが一歳になる前から働き出していつも寂しい思いをさせてきたのですから。

思い出せば二歳になったばかり、保育所へ朝送って行くと、すぐに私が行ってしまうのを知ってか服にしがみつき、離れようとしないのです。

保母さんは、

「ママ、気にしないで。今だけだから笑顔で行ってきまぁすって言って、行っちゃって」

と言ってみいを抱いて教室へ連れて行きます。

その時、

「ママー。マーマー。ママの所がいいよぉ――」

何をされるでもない、ありったけの声を出し、全身で思いっきり抵抗している我が子を見て、胸が痛みました。

(みい、ごめんよ。ママ頑張るよ。だからみいも頑張れ。泣くな、みい)

職場につくまで涙が止まりませんでした。

「どうしてそこまでして私が仕事をしなくちゃ行けないの？　子供をあんなかわいそうな目に合わせて」

と何だか悔しい気持ちで一杯でした。

しかし、いくら何と言ってもその時は働いて子供を食べさせていかなくてはいけなかったのですから、弱音なんて吐いていられません。

朝になると気持ちを切り替え、悲劇のヒロインになるのはやめました。

――そんなこともあり、薫ちゃんがいたあの大好きな職場を辞めてから、現在まで仕事という仕事はしていません。

もともと、薫ちゃんは、結婚したら奥さんにはしっかり家庭を守っていてほしいと思っていたようです。とは言っても、まだ結婚はしていませんよ。同棲は、次の年の春から私のアパートで始めました。

しかし、朝は一度、今までの自分のアパートへ帰り、それから職場へ行くのです。

薫ちゃんは結婚するまでは、けじめだからとか何とか言ったけれど、

「けんかした時に行く所がないから逃げ場所を作っとかないとさ」なんても言っていました。

私から言わせれば、面倒っちいことしなくたっていいのになんて思う反面、別れるかもしんないからな、なんて思ってるんじゃあと、逆に男心を気使ってしまったりしました。

夏も終わりかけた頃、私は腰痛に襲われるようになりました。両方の腰が重く、くだけるのではと思うくらいです。腰を下ろすことも困難で歩くのもおばあさんのようでした。

何日かシップを貼り様子を見ていましたが、痛みは消えず、薫ちゃんに付き添ってもらい病院へ。

大学病院は人が大勢で、半日以上かかりました。

レントゲンを撮っても特に異状なし。

念のため腹部のエコー検査をすることになり、予約をして帰りました。

結局、腰は、整形外科に通うことになり、その時はただ腰痛という診断でした。

それが、エコーの結果、意外な事実が分かったのです。

肝臓に血のかたまりがあり、それはいわゆる血管の奇形ということでした。そして病名の肝血管腫と先生に聞いた時は、ガンの一種だと思い込み、腫瘍があるなんてもう長くは生きられないんだと、家に帰ってから何日か寝込んでしまいました。

まだやり残したことは山とあるし、子供もまだ小さいのに……。

わんわんと子供のように泣き続けました。

薫ちゃんは、

「たとえお前がガンだったとしても仕方ない。一日一日を大事に、悔いのないように生きることが大切だと思うよ」

「薫ちゃんは人のことだと思って、そんなこと言うけど、死んでいく私の気持ちなんて分かるわけないよね」

なんていかにも自分はガンだと決めつけていました。

何日かしてその血管腫が悪性か良性か確認する造影検査をしました。

その結果、なんと良性だったのです。ということはガンではなく、半年に一度、大きさをエコーで確認するだけで、手術の必要はないと言われました。

腫瘍は二つあり、三センチと五センチ強、一つは少し大きめだそうですが、生まれつき持っていることが多いとか。

私のそれも、いつできた物なのか、原因も分からず、また治療も特にないのだそうです。

まぁ、それがあるせいで体にどうこう悪さを与えるものではないと聞きホッとしたというか力がぬけて、急にお腹がすいてきました。いつも病院の帰りはラーメン屋に寄り、ラーメンを食べて帰ります。この日のラーメンのおいしいことといったらありません。

もう一杯おかわりをしたいくらいでした。

薫ちゃんは先に食べ終わり、タバコを吸い始めました。

そして灰皿に灰を落としながら、

「ほらな、やっぱり俺はガンなんかじゃないと思ってたよ」

と私の方へ目をやった。

私は、

「じゃあ、何であの時、涙流してたの」

「あれは、お前があんまり泣くからもらい泣きしちゃったの！」

と照れ臭そうにごまかした。

私は今までナヨナヨとしていた心も晴れ、やっと久しぶりに笑顔が戻ってきたのでした。

薫ちゃんと出会い、付き合い始めてからも自分の中で猫をかぶっていた所がありました。でも、その猫も、今回のガン騒動で逃げていったのでした。泣いたり、笑ったり、家族を巻き込み、この数週間か暗い毎日を送っていて、さぞ薫ちゃんも心配したことでしょう。

それに今となったら笑い話なのですが、こんなエピソードもありました。

「薫ちゃん、私が死んだら他の女と一緒になるんでしょう……」

「……そうだな」

あのガン騒動の真っただ中の暗い時に、大泣きして、私は、鼻を垂らしながらこんなことを聞いたのです。

普通は

「そんなわけないだろう」

とか言うだろうと思うでしょう。

ちょっぴり、いや私にしては一大決心で聞いたと思います。

それが大まじに

「……そうだな」

なんて言葉が返ってくるとは。

今だにそれは本心かどうか分かりませんが、結果が分かった今、真っ先に思ったのは、

「あぁよかった。私が死んだら薫ちゃん他の誰かに取られちゃうもんね。だから死ねないね」って大笑いしました。

でもその時の薫ちゃんの目は優しく、命に別状ないと分かった安堵感で一杯の顔でした。

そんなこんなで私は元気を取り戻したのでした。

十二月も押し詰まり、大晦日、毎年薫ちゃんは故郷の北海道へ何日か帰郷します。今回は私達のことも話をしてくると言って帰りました。たった四泊五日ですが、子供達は薫ちゃんから離れようとしません。

実はこの時まだ籍が入っていないので、名字で呼んでいました。

「太田さん、いつ帰って来るの」

「電話してよ」

「みぃ太田さんいないと寂しいよ」

なんて、甘えて大変です。

同棲したばかりの時は、とても人見知りで何だか怖い人という印象があったみたいですが、これもいつの間にか薫ちゃんの努力で次第に打ち解けてきて、ちょっぴり焼きもちを焼きたくなったりするほどになりました。

こうして私達親子は、三人きりのいつものお正月を迎えたのです。

夜になると寂しいのか、

「太田さん、何してるかな」

「あといくつ寝ると帰って来る？　ねぇママぁ」

「早く電話来ないかな。忘れてるのかな」

どれも私が言いたいことだらけです。

私は、

「そうだねぇ。早く帰って来ないかねぇ」

と同じ気持ち。

しばらくして、待ちに待った電話が鳴ると取り合うようにして競って受話器を取ります。その早いことといったら、狭い家の中とはいっても、プルルルと一回鳴るか鳴らないうちに取ってしまいます。これで一度タンスに肘をぶつけて痛い思いをしているので、さすがに負けた私は手も足も出ません。

こんな三人の長い長いお正月も過ぎ、待ちに待った薫ちゃんの帰る日が来ました。

待ち遠しくて、

「まだかな。まだかな」

と何度も時間を気にする加奈。

「太田さん、おみやげ買ってくるかな」

ＴＥＬまだ、こんなのを使ってる
コードレスがほしい！
早くこわれないか待っている
かれこれ、10年になる……

と、もうおみやげの期待をしているちゃっかり者のみい。

近くの駅まで迎えに行き、待っていると、あれはまさしく薫ちゃんではありませんか。

黒いロングのコートを着て、大きなバッグを持ち、もう片方にはおみやげらしい袋を下げて。

早足でこっちへ歩いて来る。

後ろの座席から、子供達の嬉しい悲鳴が聞こえてくる。

「うわぁー。太田さんだぁ」

「早く早く！　帰って来たよ。ママー」

もう嬉しさを隠しきれないといった表情とはこのことでしょう。

周囲のことなどおかまいなしで、私達三人は満面の笑顔で（きっと）お出迎え。

こういう時、大の大人という者はあまり表情には出さず、家に帰ってからとか考えて、人前では顔に出さない人が多いのではないでしょうか。

いつの日からか、私は、誰かに見られてもいい、自分に正直に素直になろうと人前でも平気でニコニコしている自分に気付くようになりました。

さぁ、薫ちゃんと久しぶりの再会をし、車に乗り込んでからがまた大変です。

五日間のできごとを三人いっせいに話し出すから、普段聞き上手の薫ちゃんも、さすがに聖徳太子にはなれません。

長旅で疲れていても、

「はいはい、順番に言って頂だい」

穏やかな言葉に私も子供のようにチンと静かに、子供達はますます甘えっぱなし。

もちろんのことですが、私が運転でみぃは助手席の薫ちゃんの膝の上。

加奈は甘えたくてもちょっと恥ずかしくて控えぎみ。一人、後ろの座席で体を半分以上前に乗り出しています。

私は、家路に車を走らせながら、三人の楽しそうな会話に幸せってこういうことなんだと、実感していました。

同棲し始めた頃、薫ちゃんは私に普段言ったこともない弱音を吐きました。

それは、私自身も不安なことでした。

「何か俺が帰って来ると、『おかえりなさーい！』って、お客様が来たような感じなんだよな」

最初の頃は確かに人見知りもして、間があるという感じでした。

よほど不安だったのでしょう。

しかし、私はそう言われた時、

「それは仕方ないよ。すぐになんて慣れるもんじゃないよ。時間をかけてゆっくり慣らさなきゃ。初めは当たり前だと思うよ。徐々に慣れて来るよ」

とわざと落ち着きはらったように言いました。

「そうだな。だんだん慣れて来るかな……」

私は、薫ちゃんが一番の関門と思っているのは、加奈とみいだということは知っています。

でも幸い、大の子供好き。

それからというもの、毎日仕事から帰って来ると疲れているだろうに、少々子供達の寝る時間が過ぎてしまっても、加奈とみいとスキンシップ。

加奈は三年生。みいは五歳。

まだまだ親とジャレたい歳。

背中に乗ったり、膝に座り、今日一日の出来事を話したり。

初めははにかんでいた加奈もみいも次第に日が経つにつれて、いなくてはならない人となっていったのでした。

ママの私には言えないことも、薫ちゃんに話したりと、パパに近付きつつある証拠のようでした。

それからの薫ちゃんは努力、努力のたまものでした。

せっせと子供達を手なずけていったのです。

そして大好きになった太田さんが、五日間もお正月にいなくて、今やっと会えた瞬間、私は涙が込み上げてくるのを抑えるのがやっとでした。

こうして私は、幸せというものを一つ一つ積み重ね始めたのです。

しかし、私はこういう幸せを実感している時に必ずといっていいほど、

(おっと! 待った)

と、私の心の中のもう一人がストップを掛けるのです。

(調子に乗るな。幸せに浸るのはいいが、あまり調子に乗るな。初心忘れるべからずでいけよ)

と。

今の私があまりに幸せ過ぎて、怖いくらいに思っているため、人生いいことばかり続かないと思い不安が過《よぎ》ってしまうのです。

決して薫ちゃんと出合う前も自分は不幸だなんて思ったことなどないけれど。

「女一人で子供を育てていれば苦労もしてきたでしょう」

なんてよく言われたりしましたが、夢中で、苦労なんてこれっぽっちも思う暇もなく、むしろ子供は私の心の支えとなり、辛い時や苦しい時の一番のビタミン剤でした。

私が一人物思いにふけって運転していると、気が済むだけ薫ちゃんと喋ったのでしょう。

「ママどうしたの、あぁ分かった。ママ太田さんと喋れないでいたから焼きもち焼いて

んでしょう」

「もぉー、違います。そんなことぜーん然ありませーん」

と私はほっぺを膨らまして、焼きもちを焼いて見せました。

みんな、

「やっぱりねぇ」

と自信満々の顔でしたが。

翌日、家から、四、五十分の所にある私の実家に年始に出かけました。

両親とは昨年の秋頃から、一カ月に一度くらいの割合で会っています。

薫ちゃんのお父さんは、早くに亡くなっているため、実家の父と酒を飲むのが嬉しいらしく、二人共日本酒党なので、ビールを一杯飲んだ後は、必ず決まって酒を飲む。

薫ちゃんは酒を飲んでもあまり変わることもなく、普段口数が少ないのが多くなり、明るく楽しくなるので、安心していられます。

一方、父は、六十を過ぎたというのに、ピッチが速く、どんどん先に酔ってしまいます。

二人で軽く一升を飲んでしまうこともあります。

時間も忘れて飲んでいる薫ちゃん、そろそろ子供達が眠たくならないうちにと、声を掛けようかなと思っていると、みぃが、

「太田さん、もうお酒飲むのやめて帰ろうよぉ」

と私の前に、帰る催促をします。飲んでいる最中も、膝に座ったり、背中に乗ったりしているのですから、ゆっくり飲んでいる暇もありません。

でも嫌がっているわけではなく、むしろその方が居心地がいいといった感じなのです。加奈もみいも、広いおじいちゃんの家で短かい時間を過ごし、ようやく帰る気になったらしく、薫ちゃんも重い腰を上げ、夜、実家を後にしたのでした。

薫ちゃんの仕事も始まり、今年も一年がスタートしました。

加奈は学校へ、みいはまたいつもの日課の保育所へ通っていく毎日が始まりました。

みいももう年中さん、五歳になろうとしています。

あんなにギャーギャー泣いていたのも嘘のようです。

元気に

「バイバーイ」

と手を振ってくれるようになりました。

迎えに行くといつも園庭で遊んでいるので、そーっと見ていたいのですが、すぐに見つかってしまい、脇目も振らず、どんなに園庭の隅っこの方からでも、

「ママー」

と全力疾走で、私の胸の中に飛び込んでくるのです。

そんな時、私はギューッと抱きしめてあげるのです。

加奈も一年生から鍵っ子でしたが、それも解放され、吹っ飛んで帰って来ては、友達と遊びに行くようになりました。友達と遊ぶことの楽しさを覚え、気の合う子と外へ出たり、家へ来たり。私が家にいるということで安心して遊んでいられるみたいで、だんだん友達作りも上手になってきました。

鍵っ子の頃は、寂しい思いもさせました。家の近くに職場がありましたが、放課後何度となく訪ねて来ては、

「ママぁ家にいるのやだよぉ」

とか、

「ママぁもうすぐお仕事終わるぅ」

なんてこともしょっちゅうでした。

そんな時見るに見かねて薫ちゃんがお菓子をあげたり、話相手になったりしてくれたのでした。

こんなこともありました。

夏の真盛り。もう少しで仕事が終わるという夕暮れ。ゴロゴロ、ゴロゴロと雷が鳴り始めたのです。私に似て大の雷嫌い。私はデスクに向かいながら、泣いてないだろうかと仕事も手につかないでいました。その時

「娘さん来てるよ」

と上司の声。

とうとう来ちゃったんだ。それにしても二、三回ゴロゴロとなって間もないのに、もう来るなんて早いなぁと思ったら、怖いから走って来たとのことでした。

仕事もそこそこで帰してもらい、みいを保育所にお迎えに行き、三人で布団をかぶり、早く雷がどこかへ行きますようにと願っていました。電気の下は当然避けます。どうやら私の雷嫌いは祖母に似たんだと思います。

小さい頃、雷が鳴り始めると大急ぎでガラガラと雨戸を締め、真っ暗にするのです。そして布団を引っ張り出して、電気のコンセントをみんな引っこ抜いてそれから布団に潜りこむのです。どんなに暑くても、汗を流しながら小さい私はぶるぶる震えていたものです。

両親は共働きだったため、おばあちゃん子の私は、おばあちゃんにしがみつき、

「もう雷どっか行っちゃった?」

「まだいる?」

なんて言いながら、布団から顔をちょこんと出しては引っ込めて雷の遠ざかるのを待っていたのを思い出します。

加奈が怖くて私の所へ走って来た気持ちもよく分かります。

三人で潜った布団の思い出は今でも笑える思い出となっています。

二月の節分が終わった頃、私は日に日に緊張ぎみになっていました。

それは三泊四日で、薫ちゃんの実家へ行くからです。お兄さん夫婦と一緒に住んでいるお母さんは昭和八年生まれ。子供三人を立派に育てた心温い穏やかな人です。でもまだ、そんなことは知らず、憂うつな日が刻一刻と近付いていました。

その年は例年より雪が少ないと聞きましたが、千歳空港に降りた私達三人は、今まで見たこともない真っ白な雪景色に魅了されてしまいました。

バスに乗り継いで札幌の実家へ向う景色は一面の銀世界。

なんて広いのでしょう。

見渡す限り雪野原をバスは走り、いくつかの牧場を過ぎ、だんだん家並みが多くなってきました。

もう私の胸は、ドッキン、ドッキン。心臓が口から出るかと思うくらい、緊張していました。

その日はみんなで夕食を食べました。

お姉さん夫婦も近くに住んでいるのでみんな寄り合い賑やかになりました。

お兄さんの所は子供が二人（男の子）。お姉さんの所は三人（男の子二人、女の子一人）、みんなうちの子より少し年上、女の子は加奈より四つ上です。初めて会ういとこの対面です。

幸い、子供達は最近の子供にしては、こまっしゃくれていず、とても素直な子達で、加奈やみいに声を掛けてくれたりいろいろ遊んでくれたりと、ずっと一緒にいてくれました。

最初、薫ちゃんの陰に隠れていたみいも、次第にいつもの愛嬌ですぐに慣れて、ニコニコとやんちゃぶりを発揮しています。

一方、加奈と私。だんだん沈んでくる始末。人見知りする加奈は唯一、四歳上のお姉ちゃんにも馴染めず、泣き出さんばかりの顔。私は私で、最初が肝心なのに、力み過ぎて上手くみんなの輪に入っていけず、食事もろくに食べられず、息が詰まりそうでした。

その夜、私達四人は川の字で布団を敷き、子供達が眠ったあと、薫ちゃんに息が詰まりそうだと泣いて泣きまくりました。

来る前はあぁ言おう、こう言おうと考えていたのに、いざ会ったら自分が話したい半分もいや三分の一も喋れない自分が情けなく、喋らなくては何も分かってもらえないと分かっているのに、ただ、泣けるばかりでした。

次の日は、午前中から雪祭りに出かけました。

雪で作った雪像。滑り台。スキーのジャンプショー。

加奈とみいは長い雪の滑り台に何度も並び、楽しそうな悲鳴を上げて滑っていました。

夜はみーんなで大通公園へ出かけました。どうやって作ったの？　というようなすばらしい雪像や、アニメの雪像。ピカピカ光って眩しい雪像。写真もたくさん写しました。

しかし私の頭の中は、どうみんなと打ち解けるかで一杯でした。立派な目をひく雪像を見ても、なにか空ろで心はうわの空。その日も神経疲れで、枕を濡らして眠りについたのです。

そしてついに最終の日、近くに子供を連れてソリ滑りに出かけました。

緩やかですが、小さなソリで風を切って滑るのはとても気持ちが良く、私も薫ちゃんも子供のようにキャーキャーと何度も滑りました。雪の上に寝っころがったり、千葉っ子の加奈やみいはどんなにか楽しいかは、顔を見ただけで、一目で分かりました。

加奈も、いつもの加奈に戻り、たぶんあと何時間かで窮屈から解放されるという思いからなのでしょう。いくらか顔に安堵の色が見えました。それは私も同じ気持ちでした。

あと一日、あと一日と過ごしてきたんですから、残す所一日となった時は、嬉しさが顔から出てくるようで自分でも変でした。

しかし、何故か心のどこかでしっかりと言わないといけないことを忘れている気がして、このまま帰ってしまったら後悔すると思い、帰り際、私はお母さんの部屋で二人だけの時間を何分か過ごすことができました。

お母さんは思っていた通りの人でした。とにかく温かいのです。

やっぱり薫ちゃんのお母さんだと思うのはもちろんのこと、一緒になって間違いないなと実感したのです。

言葉の一つ一つを聞きながら、私は涙を堪えていました。

そして、今、自分や子供達がこうしていられるのは、薫ちゃんのおかげだと話さずにはいられませんでした。それと、

「お母さん、二人も子供がいる女でご免なさい」

――と。

現実問題、どこの親でも自分の子供の結婚する相手に子供がいたら躊躇する筈で、お母さんに申し訳ない気持ちで一杯でした。

「みんなに、あの二人は一緒になってよかったと思ってもらえるように頑張りなさい」

と優しくまた、娘にでも言うかのように私の目を見つめ言ったのです。

後にも先にも、こんなに真剣になったことがありましょうか。

あの去年のガン騒動で（私が死んだら他の女と一緒になるんでしょう？）の事件以来ではないでしょうか。

いいえ、そんな軽い話と一緒にしたくはありませんね。

このお母さんとの話はもっともっとランクをつけるとしたら上で、笑い話ではなく、温かい思い出として、私の少ない脳みその中の本箱へ仕舞われています。

帰りの千歳空港。

テンションの高い加奈。

「もう帰っちゃうの？」

のみい。

ホッとしている私。

いつも冷静な薫ちゃん。

そして
「ごくろうさんだったね。気疲れしただろ」

とポンと私の肩を軽く叩きました。

優しい一言でした。

空港で四人は、散らつく雪をバックに代わる代わる写真を写しました。

出発まで時間があるので昼食を食べようとレストランへ。

今まで我慢していたのか、加奈の食欲のすごいことといったらありません。それに輪をかけて喋りっぱなし。四日間お腹に溜めてあったものを全部吐き出したという感じに喋りまくっていました。

私も薫ちゃんも、よく分かっていました。

食物も喉に通らず、喋りたいこともうまく喋れず辛い思いをしたかと思うと、よく頑張ったね、と私は心の中で思っていました。

きっと薫ちゃんも、そう思っていたと思います。

飛行機の中で私はお母さんと話した何分かの言葉を思い出していました。

そしてもう一つ、お姉さんと二人で涙を流したことも思い返していました。

どこの馬の骨だか分からない私達三人を喜んで迎えてくれた喜びを胸に、雲の上の澄み渡ったどこまでも広い空を見つめながら一人考えていました。

こうして北海道から帰って来たわけですが、私には、これからとても大きな難問が残っていました。それは、北海道のみんなとこれから上手くやっていきたいということでした。どんどん自分から喋って私のことを知ってもらいたいという気持ちでした。それが一番の課題で、これをクリアしないことには何も始まらないと思いました。正直、もう北海道嫌いになっていました。言うまでもありませんが、人間嫌いになったわけではありません。

そしてそれからの私は何とかお母さんと仲よくなりたくて、何度も手紙を書きました。最初は何て書いてよいか分からなくて、文章に詰まり、辞書を引いたり、何度も読み返したりしました。ところが、必ずお母さんはすぐに手紙を書いてくれるのです。どの手紙も私や子供達を和ませ、勇気付け頑張るように励ます便りでした。

薫ちゃんの実家へ行ってから一カ月くらいしてから、お母さんとお父さん代わりのお兄さんが、私の両親に会いにやって来ました。

父は薫ちゃんをたぶん気に入ってくれているとは思いましたが、その日はとても緊張していました。

あまり飲ませないようにと母に頼んでありましたが、次第に量も増え、ピッチも早い父は緊張のあまり、酔いが早く回り、悪酔いをしてしまったのです。

和やかに話も進み、初めてなのであまり長居してはと、この辺で帰ろうと腰を上げようとしたお兄さんやお母さんに、

「まだいいじゃないですか」

の連発で、一向に帰してくれないのです。

お母さん達も何とか付き合ってくれていましたが、これ以上父の悪酔いが進んだら大変なことになると思った時、母が、

「もうそろそろ、それじゃあねぇ……」

——と、その瞬間、

「なんだ。おめえは！　△×○※△×○※……」

（あちゃー、始まった）

父は、時たま悪酔いして母に絡むのです。

私は子供の頃からそれを見ていて母がかわいそうでなりませんでした。

誰でも両親のけんかを見ているのは、いい気分はしないものです。

ましてや母親が、バカだ！　クソだ！　と言われていたらついつい腹も立って、

「バカはおめえだよ。いい加減にしてくれ」

と、喉のここまで出かかっているのに、今の私はそこまでは言い出せない。

親子なのに言いたいことも言えないことを何度恨んだことでしょう。

若い頃は、それでも勇気を出して父に何度か意見したこともありましたが、父の思うような子供に育たなかった私は、その度に父を怒らせるのでした。

母からは、

「お前はお父さんと気が合わないねぇ。お父さんの性格はああなんだから、お前が向きになって怒ることないんだよ」

と、しょせん夫婦。

私も父に何も言わなくなっていったのです。

一緒に住まなくなってからもたまに実家へ行き、父が母に文句を言い始めると、その場にいたくなくなり、子供を連れて帰ったりと、その場から逃げることで私は嫌な思いをせずに済ませていました。

今でも思うことですが、姉は得だと思うことがあります。

それはいくら父に意見してもけんかにならず、父も姉の言うことを素直に聞いてしまうのです。言い方は、姉の方が断然きついのですが。何故だか、分かりません。

これはただの僻みで、父の思う通りの子供だったのか、可愛さの違いなのか、思い入れの違いなのか、まったく定かではありませんが。まあ大人になった今、ゴタゴタ言いたくもありませんが、自分の家庭だけは、隠しごとや父親に言いたいことも言えない家族にしたくないと思っています。

これには努力が必要で、私自らそれに努め、示さなければいけないと、親になった今考え実行しています。

私の頭は、みんながもう帰りたがっている。どうしたらすんなりと腰を上げることができるだろうかと、昔父を怒らせた時の怒っている父の顔を思い浮かべていました（私が一言この前で口を挟むことでよけい父の気嫌を損ね、みんなの気分を壊しはしないかな）とか。

でも今の私は薫ちゃんのお母さん達のことで頭が一杯でした。

私は、思い切って、強い口調で

「お父さん、みんな今日は、これでって言ってるんだから」

と、父親の「まだいいじゃないか」の嵐の中に一言大砲がぶっ飛んだのです。

これだけ言うのに、私は顔が引き攣り、ものすごい顔をしているのが自分でも分かったくらいです。

私の一言でかどうか知りませんが、みんな引き上げるに至りました。

私も興奮していたし、（嫌な所見せちゃったな）と思いましたが、あの時の私は、あれで良かったと今でも思います。

それから私達は、私の運転で車を走らせたのですが、母が父からくだを巻かれていると思うといやあな気分でした。

父の悪口ばかり並べましたが、今の私は年々老いる父に対して、少しずつあの昔の元気さがなくなって、私が言うのもなんですが、和やかさが出てきたような、六十五歳にしてやっとおとなしくなってきたような、「大事にしないといけないなぁ」という気持ちになっています。

あの悪酔いも、薫ちゃんに言わすと、誰でも自分の娘が男に取られると思うといい気はしないよ。お父さんの気持ちもわかる気がするよ。と言っていましたが、二人の子持ちの私を貰ってくれたのは薫ちゃんなのにお高くとまらない人柄にホッとしました。

きっと父の気持ちとして、加奈とみいが嫁に行く時の気持ちも考えたのでしょうか。

そう言われてみたら、父の悪酔いも分かるような気がしました。

その日、お母さんとお兄さんは、薫ちゃんのアパートに泊まり、次の日、私の少し焦げついた卵焼きの朝食を食べ、帰って行きました。

それから何日かして、お母さんからの手紙が届き、いつもの平和な日を送っていました。

季節は、だんだんと暖かくなり、何通ものお母さんからの便りが増えるにつれ、私の心も打ち解けて、手紙が届くのが楽しみになりました。

四月から加奈は四年生。みいは年長組になりました。

春休みも後残す所二、三日という日、私は赤ちゃんが出来たことを実感したのです。

加奈とみいを身篭った時は、つわりもほとんどなく、体調も良かったのですが、今回は違っていました。私は薬局に走り、妊娠検査薬を買ってきて早速尿検査をしてみると、陽性。

薫ちゃんとも、子供はもう一人はほしいと話はしていました。

三日くらいして、みいを出産した病院へ行き、確実に妊娠していると知らされました。

加奈とみいは、

「うそー」

という顔。

「本当に赤ちゃん生まれるの?」

嬉しくてソワソワ気味の二人。

まだ二カ月ちょっとのお腹はちっとも今までと変わりませんが、服の上からお腹に手をやり、そっと
「元気に生まれてきてね」

とニッコニコになる私でした。

加奈とみいの妊娠の時の報告は、母から父へ聞かされました。きっと何よりそれと言われるでしょうが、今だから言える？　加奈とみいの時はあまり手離しで喜んでくれたわけではなかったのです。生まれた子供達は、それはそれは可愛がってくれてはいますが、やはり旦那様次第のようです。

私は言うまでもなく、薫ちゃんと一緒になったことは誰にでも胸を張って自慢できることで、父にも気に入ってもらっている自信があるので、今回は真っ先に私から父に報告したかったのです。

わざと父のいる時間に電話をして、

「あのねぇ、きのう病院行って、二カ月って言われたんだ」

父は、

「おーそらぁいった（よかったという意味）」

「いつ生まれるんだ？」

思いもよらない父の言葉。

（喜んでくれてる！）

私は、用件を伝えただけのたった二、三分父と言葉を交わし、電話を切りました。

母もまだ仕事に出ていて知らない。母より先に知らせてよかったと私は思いました。

三月二十四日、私達は、めでたく籍を入れ、四月の末、新婚旅行へ出かけました。

行き先は沖縄。

妊娠二カ月半の身重の私をみんな心配してくれましたが、つわりでムカムカする程度だし、まだ気付いてない時期だと思えば、飛行機に乗ったり少々歩いても平気だから。と言い通し、羽田を後にしました。レンタカーで観光地を回り、あっという間の四泊五日の新婚旅行が過ぎました。

せっかくだから、足を海につけるくらいしてくれればよかったと那覇の空港で思っても後の祭りでした。私達が沖縄へ行ったのは、ちょうどいい季節だったそうで、帰って来た二日後に沖縄は梅雨に入り、ますます、足でも手でもあの澄んだ海につけてくれればと悔やむのでした。

相変わらず私はつわりで、お腹がすくと気分が悪く、横になっていることが多くなりました。だるくて体中が重く、動くのもやっとという状態でした。しかし、思えばこの時が出産前で、一番ゆったりとしたうきうき気分だったかもしれません。

私は旅行から帰った二週間後、婦人科へ妊娠初期に受けた血液検査の結果を聞きに出かけました。

それは思いもよらない結果でした。C型肝炎の検査が陽性だったのです。その時私は初めてその病名たるものを聞きました。

先生の話では、二十年、三十年後に肝硬変や肝ガンになる可能性が高い、と言われましたが、今どうこうなるわけではないし、赤ちゃんへの感染も心配はないということでした。

(まぁ、もともと肝臓に血管腫があるから、そのせいか何かできっと陽性だったのかな)

なんて、ひとごとのように軽く思っていました。

半年に一度の定期的な腹部のエコー検査をすることになっていたので、大学病院へ行って、今回妊娠検査で引っかかったということも合わせて聞いてみようと、早速、薫ちゃんに連れて行ってもらいました。

エコー検査では幸い、血管腫は大きくなっておらず、一安心。

そしてC型肝炎の血液検査でやはり陽性。肝機能検査の数値は低いほどよく、ずっと安定していた方がよいそうで、私はまだ全く正常値と変わりがないため、何も気をつけることもなく、普通の生活をしていても平気だと言うのです。定期的に血液検査をしていこうということに決め、大学病院を後にしました。

けれど私はまだC型肝炎を治す薬はないと聞かされ、この先ガンになる可能性大だなんて思ったら、またもやショック状態になっていました。症状は出ないと言われる肝臓。

もう頭の中はガン、ガン、ガン、ガン一色になっていました。

(もう死んじゃうんだ。あともう少ししか生きられないんだ。このお腹の子を産むことができても、物心つく前にもういないかもしれない)

(あぁ、親不孝してくるとこんなバチが当たるのかなぁ)

と、ことあるごとにそんなふうに考えてしまうのが悪いくせなのです。

肩を落として泣きそうになっている私を、薫ちゃんは慰めるように、

「大丈夫だよ。先生だって言ってただろ。今すぐガンになるわけじゃないんだから。人間、明日事故で死んじゃうかもしれないいんだから。俺だって今こうやって元気だけど、明日死ぬかもしれないいんだから――。気の持ちようでさぁ、病は気からって言うだろ。お前みたいにメソメソしてばかりいたら、本当にガンになっちゃうゾ」

と、車を走らせながら、ちょこちょこ私の顔をいつものように覗きながら話をしています。

そんなのおかまいなしで、私は、またまた鼻を垂らしながら、涙をふり飛ばしてすでに泣いていいます。

薫ちゃんの言っていることは確かにその通りで、理解はできます。

しかし、パニックの私は、聞く耳を持たない状態でした。

家についても布団に潜り、泣き続け、お腹の中の子もついこの前から胎動を感じたのに、私のあまりの動揺に動かなくなってしまいました。

前にもこんなことがありました。

血管腫が見つかった時も、布団に潜って泣いていました。子供のようで、手がつけられない感じというのでしょうか。

加奈もみいも心配して、

「ママどうしたの？」

布団の所へ寄ってきて、声を掛けてくれますが、自分のことが精一杯で子供達の母親だということなど頭の中にこれっぽっちもありません。

おまけにつわりのムカムカで胸の辺りが変で気分は最悪です。

次の日、薫ちゃんは肝臓の本を買ってきて読んでいました。

薫ちゃんが仕事へ行ったあと、私はその本にかじり付くように読み始めました。

難かしくて、理解に苦しみましたが、所々、自分に当て嵌まる症状を見つけ、また暗くなるのでした。B型肝炎は、聞いたことがありましたが、C型は自分の身に振り掛かるまで聞いたこともなかったため、情報は乏しく、どうしたらよいか途方に暮れました。

いきなり死ぬことはなくても、とことん落ち込む所まで落ち込み、とにかく死という言葉に弱くそして怖いのです。

季節は夏、真っ盛り、六カ月を過ぎようとしているお腹の子もいるというのに、まだどこかいまいちメソメソ気味な私。

でもそうそう寝てもいられない。私も一応主婦なので、ちょっとずつ大きくなるお腹に手を当てながら、夕食の支度をしていると、たまにピクピクッと赤ちゃんが動くようになったのです。暗い気分の私を励ますかのように。

暑いせいか、食欲もなく、水分ばかり進むのです。

それでもどうにかお腹の子に励まされ、バタバタと過ごしているうちに元気を取り戻していきました。ある日いつものように洗濯物を干していると、うまく表現できないのですが、赤ん坊が落ちそうになるのです。とにかく立っていられなくて、思わずしゃがみ込んだり、そのくり返し。それにお腹が張って苦しく、横になって休んでもいっこうに治りません。心配した薫ちゃんは、会社を早退し、私を車に乗せ、病院へ向かいました。

診断は、切迫早産でした。

張り止めの薬を飲み、安静を心掛けるように言われました。

車の中、ガタンと少しでもタイヤがでこぼこやマンホールを踏む度に、私のお腹はクーと張ってきて固くなるのです。ゆっくり、ゆっくり走っていますが、道はそうはいきません。家に着いた私は、お腹を気使いながら、そっと布団に横になりました。

(また寝るのか)

と、ついこの前まで自分のわがままから寝ていた布団ですが、見るのも嫌になるくらいでした。

先生は安静とは言っていましたが、夕方になれば主婦たるもの、夕食の準備に取りかからなければなりません。

安静は分かっていましたが、お腹が張ったら休もう、と思っていました。

ところが、たいして、いや布団に休んでいてもパンパンに固くなり、息も苦しく歩くことも辛く、一歩二歩と今にもしゃがみ込むばかりの状態です。それにあまり張るので、最近ちょっと動きが鈍くなったように思えました。

夕飯の支度をしながら、私は一人、何を思ったのか、

（あーもう嫌だよー。こんな苦しい思いばっかりしてこの子がいなければいいのに！）

なぁんて思った瞬間、

ピク、ピクッ！

最近あまり動かなかったお腹の子が動いたのです。

偶然といったらそれまででしょうが、

「ママ、ボクだって頑張って生きてるよ。ママ、そんなこと言わないで、頑張ってボクを産んでよ」

って、私には聞こえた気がしました。

それは不思議な力でした。

まだオギャーとも言っていないこの間、できたばかりの卵だった小さな命が、私を勇気づけ、力をくれたのです。

お腹を押さえ、私は涙をボロボロこぼしてしばらくの間、子供に喋りかけていました。

平成九年七月二十八日（月曜日）

ただいま妊娠六ヶ月

きのう、婦人科に張り止めの薬をもらいに行きました。

先生が「じゃあ、赤ちゃん見てみようか」と超音波で赤ちゃんを映してくれました。頭が見えて、次に白いちっちゃいハート型のような形をした心臓がドクドクと動いているじゃない。「ちゃんと生きてるんだよ！　元気だね！」って先生が言ってた。背骨もしっかり見えて。あっ足が動いたのでーす。二本の足が伸びて、また縮んで……。感動だったな。パパにも加奈にもみいにも、この感動を分けてあげたい気分でした！

つわりでつらい時や、お腹が張って何もできない時、立ってることだってつらい時もあるのです。そんな時、何度もげんこつでお腹を叩いたらもう張ることもないし楽になるよなと思った。胎動を感じるようになってから、そんなことを何度か考えていると、ピクピク「ママぼく（あたし）生きてるよ！　ちゃんとママの言うとおりしっかりつかまってるよ。だから、ママそんなこと考えないで！」って！　それまで動いていないのに、動きだすのです。

作り話のようだけど、ほんとうなのです。ああ、この子は生きているんだ。こんな小さいのに、まだ十センチ足らずにしかなってないのに、生きようとしているんだと思い、何とも言えない気持ちになりました。

雅の日記より

かぜでダウンした時のこと

平成九年七月三十一日（木曜日）

今日は、みぃが手伝ってくれました。キャベツを切ってみそ汁とサラダに――。

大好きななるとをうまーく切ってくれました。

こういう時、女の子でよかったと思います。

お米は加奈がといでくれました。

みぃはごはんを二杯もおかわりしました。

パパのキャベツも残して別にしておこうと、なるともわざわざわけました。

いつも夕食の時に帰って来れないパパにも、子供達はちゃんとお皿を別にして残しておくことをわすれません。


きっとパパが外でがんばっているのを知っているのでしょう！　そんな姿を見ていると、何だかうれしかったり、目がうるうるしてきたりします。私ってそんな年でもないのにどんどん涙もろくなってきてしまう。でも、私が見てきた、この二年もたたない間の、薫ちゃんと子供達の姿は私にとって、かけがえのない大きなものであり、誰に話してもわかることのない親子のきずなになる宝物なのです。よくわからないけど、とにかく〝家族のきずな〟と言うものなのです。二人ともパパが大好き。

雅の日記より

私のお腹も、ますます膨れて八カ月に入りました。

秋には子供達の運動会があります。

加奈は小学校。みぃは保育所。

加奈の運動会の方が少し早いのです。

今年は、動くことができないので、ビデオやカメラは、パパにまかせて、ずっとシートに座っていました。座っているのも辛く、危ないゾと思いながら、ヒヤヒヤの一日でした。

加奈の運動会

平成九年九月二日（火曜日）

加奈の運動会のリレーの選手を決めるのに、いい所まで行ったと早く知らせたくて走って帰って来た加奈！　三位か四位で残念なことにリレーには出られないけど、よーくがんばったと思う。

あのうれしそうな顔は生き生きとして輝いていた。

私はあの加奈の顔が大好きです。

だんだん大きくなるにつれて素直さもなくなりがちだけど、早く話そうと走ってくるニッコニコの加奈の顔が目に浮かびます。

人生、いやなことばかりないし、つらいことばかりないよ。

きっと楽しいこと、うれしいこと、幸せが来るよ。

そうなっているんだよ。人生ってね！　ちょっと二十九歳にしてママはおばさんのようですね。

雅の日記より

みいの運動会は、いよいよ張りが強く、まだ八ヵ月だというのに、生まれそうなお腹を持ち上げるように、やはりシートへ座っていました。平日なので薫ちゃんはあいにく来ることができず、親子競技は、姉に頼んで一緒に出てもらいました。毎年一緒だった運動会は、私がそばにいなくてちょっぴり寂しそうでした。

みいの運動会が終わった三日後、私はとうとう、切迫早産のため、入院しました。

今までかかっていた病院は少し遠すぎるため、市内にあるマタニティ・クリニックに変えました。

何日か前から、あまり張るようなら入院した方がいいと言われていたのですが、誰だって家の方がいいし、寂しがり屋の私は薫ちゃんや二人の子供と離れて一人入院なんて考えたらまた泣きたくなりそうでした。しかし、いくら安静に家事一つしないで寝ていても、薬を飲んでも、いっこうに張りは治まらないのです。

入院したくないと友達に話した私は、ある言葉でふっと我に返りました。

「お腹の赤ちゃんは、お母さんだけが頼りなんだよ。助けてあげられるのはお母さんだけなんだよ」

という言葉に、

（そうだ。私だけなんだ。今生まれてしまったら小さくて赤ちゃんがかわいそう。せめて十カ月このお腹に入れていないと。入院して寂しいなんて言ってらんない。一人じゃな

いんだもんね。ちゃんとこのお腹の中にもう一人命が生きてるんだもんな）

そして次の日、早速私の入院が決まったのです。

部屋に案内されるまでの間、新生児室の赤ん坊を見ていると、おさるのような真っ赤な顔をして泣いている赤ん坊やスヤスヤ眠っている赤ん坊もいます。

（私だって、絶対元気のいいかっわいーい子を産んでみせるゾ）

と心に決め、病室へ。

出産した人の病室のドアノブには、かわいい札がかけられています。

男の子は水色、女の子はピンク。

（私の子は男の子だから、生まれたら、水色の札がかかるな。きっと）

と、この前、先生にエコーで間違いなく男の子でしょうと言われ、ビデオを見てニコニコしていたのを急に思い出したのでした。妊婦の私の病室はすぐその前でした。時折、オギャー、オギャーと赤ん坊の声が聞こえてくると、心が痛みましたが、

（私もこれからだ。もうすぐこの子に会える。ママがお前を守ってあげるからね）

と、お腹の子に言い聞かせて、自分自身を励ましていました。

ベッドに横になるとすぐに張り止めの点滴が始まりました。

薫ちゃんはそばにいても何もすることもなく、加奈とみいを連れて、家へ戻って行きました。子供達も私と離れるので、寂しいのかしょんぼりとあまり口数もなく、いつまでも

私のベッドのそばから離れようとはしませんでしたが、薫ちゃんに言われて仕方なく重い足取りで病室を後にしました。

一人になった私は、不安で仕方ありません。点滴は一本がすぐ終わらなくて、トイレが近い妊婦には困ります。

やっと終わるかと思うとまた同じ張り止めの点滴をくり返し、朝も夜もぶっ通しに続けています。血管が細い私は、針が入りにくく、トイレに行ったり、少し動いたりすると、薬液が漏れてしまい、真っ青になり腫れてきます。何度も何度もさし変えているので、入る所がなくなり、手の甲にしようなんて言われましたが、それはなんとか免れました。

張りが治まったら、子宮を縛る手術をすることになっていたのですが、張りは治まったかと思うとまたくり返し起こり、夜中は特に調子が悪くなり、眠れない日が続きました。シーンとした病院はとても寂しく、赤ん坊の声がたまにするだけで、不安は絶頂に達します。

夜は寝付けず、メソメソ。

こんな私を知ってか知らずか、子供達が交換日記をしようと言ってくれました。加奈にみい、そして無理矢理薫ちゃんにも頼み込み、みんな一冊ずつに書いてお見舞に来てくれた時に渡しっこすることにしました。

そこには、「ママ頑張って早く退院できるといいね」とか、「寂しいよぉ。でもママも泣

平成九年九月二十六日（金曜日）　体調が悪くてよく薫ちゃんに絡んだ—そして日記にぶつけた

朝、お腹が痛くて薫ちゃんに今日生まれちゃうかも？　って言ったら「もう少しおちつけ」って言われたけど——。

きのうはきのうで動かなくて心配だったし、だんだん動いてきたからよかったものの、今日だってお腹が痛いのがずっと続いたら生まれちゃうんだよ。

よく薫ちゃんは「おちつけ」なんて冷静にしてられるよね。

私のお腹に入ってる子がどうなってるのかわからないでしょう。

妊娠してる体は何が起こるかわかんないんだよ。

男の人におちつけなんて言われて何がおちつけるのよ。

私に変わって子供を産んでごらんよ。

きっと心配する気持ちがきっときっとわかるから！

おおげさでもなんでもないんだよ。

怒りすぎって言うけど、お腹に赤ちゃんがいる時は、イライラしたりムシャクシャしたり、泣きたくなったり、いろいろあるんだよ。

雅の日記より

くなよ」とか、涙をこらえて書いたはずなのに私を励ます嬉しい言葉が書かれていました。

子供達は、ほとんど毎日のように、学校や保育所が終わると仕事を一時中断した薫ちゃんに連れられて一緒に来てくれます。

私は夕方になると、何だか苦しいのも少し薄れた気がして、みんなが来てくれるのをまだかなぁと首を長くして待っています。そのうち、みいらしい足音がバタバタバタバタと聞こえて来たかと思ったら、ドアが開き、

「ママぁー」

と、甘えた声で私のベッドへ走り寄って来るのです。

その後に続くように加奈も、

(ママぁ、寂しくてもぉ嫌よぉ。早く帰って来てよぉ)

と私に目で訴えながらそばに寄って来ます。

みいは、

「ねえ、ママぁ、交換日記書いて来たよぉー。早く見てよぉ」

と、自分のを一番先に読まれたくてページを広げて私の目の前に出して見せてくれます。

それでも私は、知らんぷりで、

「だめ、だめ、日記は今読まないの。みんなが帰った後に楽しみに読むんだから」

と、冷静に言うのです。

みぃは、ちょっぴりがっかりしてましたが、私のベッドの上に上ってきて、狭いというのに隣りにくっついて横になり、

「赤ちゃん動いてる?」

とそっとお腹をさすってみたりします。

帰る時はいつもお腹に手を当てて、

「赤ちゃん、また来るね。バイバーイ」

と、優しくお腹にチューをして行きます。もちろん私にもチューをします。

加奈はみんなと「じゃあねー」と病室を出ていくのですが、もう一度戻って来て、今にも泣き出しそうなのを堪えて、目に涙をたくさん溜めて、

「また来るね」

と、やっと聞こえる声で言って帰ります。

お互い辛いのです。

私は抱きしめてあげたいのを我慢して、自分を勇気付けますが、今まで花が咲いたように明るかった病室が、火の消えたように暗く寂しくなってしまうのを感じていました。

平成九年十月五日（日曜日）

苦しがっていないか心配だ（ふだん口に出してあまり言わない薫ちゃん。この一言がなにより、嬉しかった！　雅）。寝られなくてさみしい思いをしているんだろうね。

きのうは、みいは九時頃から寝るまで二時間くらいずーっとママがいなくてさみしいと泣いていたけど、今日は、少し馴れたのか、頑張って泣かずに寝た。

ママがいない分の加奈とみいの頑張りは、すごくたのもしくて助けられているよ！

北海道でも、姉が加奈に感心してたけど、おれも感心するよ。本当に、よく育てたね！　生まれてくる子と元気に、そして良い子に育ってくれるといい。そういうふうに育てないとね。

そのために今ガマンしないとね。さみしいだろうけど、頑張って、できるだけ見舞いに行くからね！

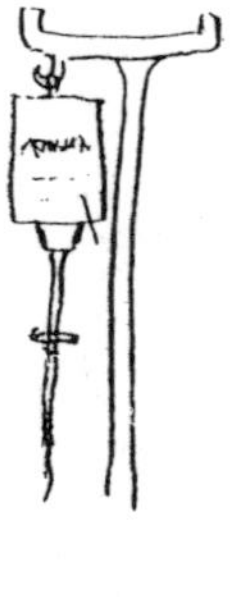

薫ちゃんの日記より

張りが治まるのを待って手術をする予定でしたが、とうとう少し破水が始まってしまっていました。明日手術だという夜、一睡もできず、憂うつな朝を迎えました。

その日は大事な仕事でどうしても抜けられない薫ちゃんは、来ない予定でした。

せめて手術の始まる時にだけでも、甘ったれの私は顔が見たいと言っていたのですが、それもだめかと諦めていたら、何と直前に大事な仕事を置いて、私とお腹の子のためにふっ飛んで来てくれたのです。

薫ちゃんの顔を見たとたん、勇気百倍といった所でしょうか。力が沸いてきました。

薫ちゃんは、私の手をにぎって、

「頑張れよ」

と言っただけで、私の目をじっと見ていました。

私は薫ちゃんの目をじっと見て、

(薫ちゃん、助けてー、怖いよぉー)

と心で叫んで、薫ちゃんはまた、

(頑張れ。大丈夫だ)

なぁんて心で訴えていた筈です。

看護婦さんが車いすを押して迎えに来ました。恐る恐る車いすに座り、手術室へ。

麻酔は局部麻酔で背中にします。動いたら何度もやり直しになるので、看護婦さんは動かないように手術台の上に横になっている私の上に跨がり動かないように押さえていました。

それもあまりきつい麻酔は胎児に影響があるため、弱い麻酔をします。手術中、私は「痛い、痛い」と苦しみ続けました。

しかし、赤ん坊は産まれずに済み、しっかりと子宮口も縛られて手術は無事終わりました。

手術が終わった時、ボコッと赤ちゃんが動いたのです。

「あっ、動いた」

と言うと先生は、

「元気ですねぇ。大丈夫ですよ」

と私を安心させてくれました。

（あーよかった。ちゃんとママにつかまってるんだよ）

と、点滴をしていないもう片方の手でお腹を優しくなでました。

ストレッチャーで病室まで運ばれ、看護婦さん達にそっとベッドへ寝かせてもらいました。薫ちゃんは、心配そうに私を覗き込んでいました。

徐々に切れる麻酔。

一週間はベッドの上に起き上がってはいけないと言われ、トイレにも立てないし、食事のためにベッドを起こすこともダメでした。縛った所が完全にくっつかないのでとにかく横になったままでいなさいというのです。

背中は時間とともに痛みます。

術後に看護婦さんが寝かせてくれたままの状態で私は顔を歪め苦しんでいました。看護婦さん達は、寝返りができず、床ずれを防ぐために私に、クッションをいくつも持って来てくれたりとバタバタと親切に動いてくれます。

点滴は当然のことのようにぶっ通し。

仕事を放って駆け付けてくれた薫ちゃんは、仕事を休み、ずっとつきっきりでいてくれたのです。苦しみもがいている私の腰をそっとさすってくれたり、シップを貼ってくれたり、横すら向けない体を何分かおきに、右へ左へ向かせてくれるのです。お腹が大きいので、すんなり動かすこともできず、

「いいか、大丈夫か」

と私に確かめながら、ちょっとずつ、腰にクッションを当てて、向きを変えます。ひょいと向きを変えようもんなら、いきなり張ってきてしまいます。上を向いているのが何より辛く、自分ではどうにも動くことができないもどかしさにイライラしていました。

夜中も薫ちゃんは泊ってくれて、狭い病室のソファーで眠ります。百八十センチ近い薫ちゃんは、体を丸めて小さくなって寝ていました。

夜中も、右へ左へ体を動かしてくれます。もし眠っていて起きない時は、クッションを投げて起こせよと言われていた私は、何度薫ちゃんの短かい睡眠をじゃましてクッションを顔へ体へ投げつけたか分かりません。私だってそんなことしたくありません。昼間の世話で疲れている人にどうして夜中まで叩き起こすことができますか。

でも、ずっと同じ方向を向いていると腕や腰、肩が痺れてしまうのです。

どんなにか眠いでしょう。

それなのに嫌な顔一つせず、

「おーどうした。向き変えるか」

「喉、渇いたのか」

と優しい薫ちゃん。

時にあまりの自分の情けなさに涙を流す私を、

「頑張れ！　頑張れ！」

と励ます薫ちゃん。

朝、昼、夕の食事の時は、ほんの少しだけベッドを起こし、小さな子供にあげるようにちょっとずつ食べさせてくれます。

ずっと寝たきりで食欲もないかと思えば、赤ん坊がほしがっているのか、お腹だけは時間が来ればちゃんと減るのです。

その日もいつものように大きな口を開けて薫ちゃんに食べさせてもらっていると、一口食べるごとにお腹が、グニャー、グニャーと波打って動くのです。

「きっとおいしいよ、って言ってんだね」

薫ちゃんと二人で大笑いをしました。

（沢山食べてママ栄養つけてね）

って言ってるようにも見えました。

相変わらず、腰から下は全然動かず、下半身麻痺になってしまうのではと心配さえ覚えます。ずっと薬を飲み続けているのと強い点滴のせいで、頭がボーッとしてまるで麻酔がかかったみたいになってきていました。うとうとしていると、いきなり胸がクーッとなったり、苦しくなったり、飛び起きることも何度も。手が震えて字も書けなくなり、目の前もボーッとしてとても恐しくなりました。

（あともう少し、あともう少し、頑張んなくちゃ）

と自分に言い聞かせていました。

実家から祖母が、二、三日子供達の面倒を見に泊りに来てくれています。

しかし、朝六時を過ぎると薫ちゃんは起きて家へ戻り、食事の支度、洗たくをして、職場に顔を出し、それから大急ぎで私の朝食の時間に合わせて戻って来てくれます。多少遅れますが、息せき切って走って来る姿を思うと、何とも申しわけなくもありがたくも思うのです。夫婦なんだから当たり前だとか、それが夫婦なんだよとか軽く言うほど、そんな簡単なことではないのです。

そばにいて全身全霊で私を守ってくれる姿は、赤ちゃん産んだら絶対恩返しするからねと思わずにいられませんでした。

手術から一週間後、トイレに歩いて良いと言われ、早速嬉しくて起き上がろうとした私は、力が入らず、起き上がることすらできませんでした。やっと起き上がったと思えば、ずっと寝ていたので、足も動かず、たった一週間ほどなのに歩き方を忘れてしまったかと思うほど足が前に進まないのです。

倒れたら大変なので、入院前と比べて二倍にはなったんじゃないかと思うほど大きくなったお腹を庇い、薫ちゃんに支えられ、トイレに歩きます。

ゆっくり、ゆっくり、一歩、一歩。

今まで私達が歩んで来た道のりのように、きっと一歩ではなく、半歩、半歩。

急ぐことなく着実に、ゆっくりと支え合いながら、幸せをかみ締めて来たように。

トイレに立てた二日後、とてもとても短かくて長い入院生活からおさらばすることができました。

平成十年十月十六日（木曜日）　退院の朝、薫ちゃんのお迎えを待ちながらベッドで——

きょうやっと退院できる。

薫ちゃんにはおむつを替えてもらったし、おしっこをするのも手伝ってもらったし、おならもしちゃったし、女だって思わなくなっちゃったのもほんとうに思えてきたんだ。それでも薫ちゃんはへんな顔も見せないで助けてくれた。毎日そばにいて、ごはんも食べさせてくれたし、歩けない私を支えてくれた。男の人にこういうことをしてもらうなんて、感謝を通りこして、何だか怖くなる。自信がないわけじゃないけど、薫ちゃんは私のことが好きだからいろいろそばにいてめんどう見てくれるんだ、なんてとっても思えない。もちろん、薫ちゃんは他の誰のものでもない私のものだけど！

大ー好きだし、ずっとずーーっと愛していく人だよ。

入院中、いろいろお世話ありがとうございました。仕事もいっぱいお休みさせちゃってみんなにめいわくと心配かけちゃった。あと一カ月で〝赤ちゃん〟が産まれるね。きっとおかえしするからね。

ありがと!!

雅の日記より

十日ほど家を空けただけなのに、もう随分と留守をしているように思えました。

やっぱり家はいいなぁ。

ホッとするとともに、加奈やみぃのまた賑やかな声が聞けると思うと、嬉しいやら、うるさいやらです。何と言っても元気が一番。家が一番。子供の声が聞けるのは最高だと思ったのです。

退院したからといっても、安静にしていないといけないため、一日中、トイレにしか起きられません。

みぃは、私が退院してから保育所を休んで、何日か私のお世話をしてくれると言って張り切っています。

「みぃー。コップに水汲んで来てー」

と、ふとんから呼ぶと、

「はーい。待って!」

と、すぐになみなみとコップについで持って来てくれます。

「みぃー。ティッシュ持って来てー」

と頼めば、

「待ってー。今行くー」

と、せっせとよく動きます。

何度も頼むので、気をきかせ、

「ママ、喉渇いたら言ってね。みいすぐ持って来てあげるからね」

「おかわりもあげるからね」

いつもお調子者のみいですが、こういう時は誰よりも群を抜いて、世話が楽しくてやっているように見えてきます。

思い起こせば入院中、トイレに起き上がれずにベッドで用を足すような時には、興味津々で、看護婦さんや薫ちゃんに頼むのもちょっと恥ずかしいなと躊躇していると（ほんとうは何度もお世話してもらってました）

「みいが、手伝ってあげる」

と、すすっと私のお尻の下に塵取りのような小さな便器をそっと置いて、部屋のカーテンを閉めてくれました。

……とは言っても、すぐには出るものでもなく、いつもと勝手が違うので、まして、上向けに寝ていてそのまましろと言っても、難かしいのです。

「ママ、出たぁ、もう出るぅ」

「まだ出ないのぉ」

急かせられて、気が散っている私をますます待ち遠しそうに、

「ネェネェ、ママ、早くしなよ。頑張って」

世話焼きなのか、おせっかいなんだか。もうこうなってくると、ただもうおせっかいの何物でもなくて、少し静かにしてよと言いたくなります。そんなこんなで用もたすことができ、みぃのおかげで、リラックスして?! その場を終えることができました。

とにかく変わったことには何でも飛びつく性格の子みたいです。

将来看護婦さんになりたいと言っているみぃには持ってこいの職業かもしれません。

保育所を休んで一日中家の中で過ごしているので、昼になり薫ちゃんが御飯を作りに帰って来る時間になると、玄関の前で待っています。

いつの頃からかもうパパと呼ぶようになっていたみぃは、パパの乗った車が見えてくると、

「パパー、パーパー」

と大声で迎えに行きます。

腕にしがみつき、家の中へ上ってもパパから離れず、時間のない薫ちゃんは、適当にあやしながら台所仕事。

あの同棲し始めた頃の不安な薫ちゃんはどこへやら。薫ちゃんも、成長したものです。

夕方になり、加奈が帰って来ると、みぃは今度は加奈にまとわりついて離れず、加奈もイライラしています。加奈が友達と遊びに出かけてしまうとみぃは寂しくて、いつも一人で怒ったり、泣いたり。うらやましくて仕方ないのです。

私も何とかちょっとでも遊び相手になってあげたいけれど、横になっていては退屈すぎ

てみいにはとてもつまらないらしいのです。

唯一、みいがおとなしくじっとしていることはビデオを見ている時です。大好きなディズニーの『一〇一匹わんちゃん』のビデオです。今年一月にディズニーランドで買ったダルメシアンのぬいぐるみのラッキーと一緒に見るのです。眠る時も、御飯の時も、出かける時もいつも一緒です。

「ラッキー、ビデオ何見たい？」

と、私は自分の声で言います。

「えーと、えーと、ボクは一〇一匹わんちゃんがいいな。ボク出てるもん」

なぁんてついつい私は声を変えてとってもかわいい声でラッキーになり切ります。

「そうか。わかったよラッキー。今、見せてあげるから待っててね。みいと一緒に見ようね」

「うん。早く早くー」

私は、ラッキーを動かして、みいの服を引っ張ります。

「はい、はい、待ってなさい」

どうやらみいは、ラッキーのママのつもりです。こうして一時間半をビデオに釘付けにさせて、退屈な一日が埋まりました。

平成九年十月三十日（木曜日）

赤ちゃんは九カ月に入ったところです

　自由に動けなくてすごく辛い。洗たくだってしたいし、片付けだってしたい。何で、こんなことになっちゃったの？　って思ったりしちゃう。そんな時は、もうすぐ赤ちゃんに会えるんだもん。もう少しだって思うようにしてる。

だけど、くやしいことには変わりない。ピンピンしてる人がうらやましい。ふだんあまり人のことをうらやましいなんて思ったことないけど、この前ちょっと外へ出た時、お腹が大きい人を見たら、そんなこと考えちゃった。

　でもまたそんな時は、いいよーダ。私は今、すごく幸せでもうちょっとでかわいいかわいい世界一かわいい赤ちゃんが生まれるんですね――って思ってやるのだ。

雅の日記より

それから何日かして、三十五週目の健診。頭が四十週位の大きさなのでカロリーを控えめにするように言われました。あと、一週間で子宮口を縛った糸が取れるのです。そうしたらいつでも、もう生まれてきても良いのです。あと、一週間です。長くて苦しかった妊娠生活も、もうちょっとで終わりです。

私は一日も早く動きたい、家事やお買物も思いっきりしたい。何よりも赤ちゃんの顔が見たくて待ち遠しいばかりです。

手術をしたら、少しは家事をできるようになるとは言われましたが、先生からは常に安静の指示が出ていて、家事はほとんどしないので、ますますお腹は大きくなる一方。おまけにカロリーを控えなくてはいけないなんて、どうして良いかわからず、普段カロリー計算をしたことのない私は、本を片手に、必死に低カロリーの食品や妊娠中に取った方が良い食べ物を調べました。

寝ているだけなのにお腹はすくのであまり食べないみかんも一日に十個は食べていたし、子供が残したおかずやおやつ。

(もったいないねぇ)

と思いながら口に運んでしまいます。

大好きな買物はもう少しの辛抱なので、薫ちゃんの仕事の帰りや日曜に子供と一緒に買ってきてもらい、だんだん自分で起きて料理を作るようになりました。

みかんは、それ以来一つも食べなくなりました（妊娠中）。

私が食べたいのを知っている加奈とみい、それに薫ちゃんまでが、みかんを食べながら
「おいしー。すっごくおいしー」

と言いながら、いじわるするのです。それを横目で見ながら指をくわえているだけでした。

心の中は、

（いいよ。あともう少しだもん。産んだら見てなさいよ。あんた達！）

大好きなみそ汁も軽く一杯。

御飯は、お茶碗の半分。

おかずは、生野菜を多く油物は少なく――。

ゆっくり食べるのですが、すぐに食べてしまいます。私はとてもみそ汁が好きで、朝、昼、晩と必ず二杯はおかわりをしていました。パンを食べても、みそ汁がほしくなるくらい、みそ汁好きなのです。それが一杯なんて辛い食事です。

カロリー計算も頑張ってついに一週間たちました。

子宮口の糸も取れてもういつ生まれてもいいので、どんどん動きなさいと言われましたが、今まで安静、安静と言っていきなり動けと言われても何だか怖くて動けません。

でもそんなこと言っていては、赤ちゃんが、ますます育ってしまい、難産になるので、

ちょこちょことこまめに歩き始めました。あまり拭き掃除が得意でない私もあっちこっちと拭き回り、薫ちゃんに、

「一気にやらなくても、毎日ちょっとずつでいいよ。生まれる時は生まれるんだから。焦ってもしようがないよ」

といつもの冷静な薫ちゃん。

頭が少し大きめなので帝王切開になるかもとか。内心ドキドキの私は、一番焦っていたのかもしれませんが……。

お腹の赤ちゃんに、

「もう生まれて来ていいんだよ。早く出ておいで。みんな首を長ーくして待ってるよ」

と、暇さえあれば言い聞かせていました。

グニャー、グニャーと大きく育った赤ちゃんは、波打って気持ち悪いほどよく動きます。

私は動くとすぐに
「見て！　見て！」

と、薫ちゃんに教えるのです。

でも薫ちゃんが触るとたんに動かなくなってしまいます。そして少しするとまた動き出すので、また

「動いたよ。動いた。早く早く」

と言っても、

「分かった、分かった、さっき動いたよ」

と言って、一向に構ってくれません。

赤ちゃんが動くともう幸せーって感じるので、この幸せを薫ちゃんにも分けてあげたい。私だけ感じているのはもったいないと思って言っているのに残念でなりません。それを見ていて、みいが、

「ママー、みいも動くの見たいー」

と、やって来ました。

「いいよ」

私は、わざとひときわ大きな高い声を出し、

「ここに手を置いとくんだよ。今、動くからね。何か赤ちゃんに喋ってごらん。聞こえてるからきっと動くよ」

みいは、私のお腹に穴が開くほど見つめて、動くのを待っています。

その時、
グニャーとお腹は波打ち、みいの口は開けたまま止まっていました。

そして、一週間後の健診。

先生は、ただ、どんどん動くようにと――。

買物も車の運転は無理なので、薫ちゃんの運転でみんなで出かけました。今まで外へ出られなかったので、嬉しくてついついあれもこれもと買う物が増えてしまいます。やっぱりショッピングはいいなぁと思いますが、私と反対に、薫ちゃんはあまり買物は好きじゃないらしく、いすに座って待っていたりします。どうして好きじゃないかと言うと、女の買物は長いからだそうです。そう言えば、自分の服を選ぶ時も意外と早かった気がします。

と言うことで、できる限り体を動かし、努力をしているのですが、とうとうまた一週間がたってしまいました。

実家の母も、薫ちゃんのお母さんも心配して、

「まだ生まれないの」

と電話が来るのですが、何とも言いようがありません。

その二日後、夕方くらいから破水らしきものがありましたが、陣痛が始まらず、ようすを見ていました。

薫ちゃんは、

（今度は、本当だろうな。また違うんじゃない？）

なんて私の方を見ています。

それもそのはず、何日か前も陣痛のような短かいのが来ては、また治まり、夜中、時間を計っていたのに、朝までには治まってしまう日が続いていたのです。でも、今日はやっぱりいつもと違うんです。

「薫ちゃん、私もう二人も産んでるんだから、絶対間違いないって。今度こそ生まれるって」

と、自信たっぷりに言ってみせました。

それが、その通りになり、だんだんと破水が頻繁になり、クリニックへ電話。

子供達は、実家の母に来てもらうことにして、用意しておいた入院一式が入ったバッグを薫ちゃんに持ってもらい、いざ車を走らせ、クリニックへ。

クリニックについても、陣痛は治まりぎみでなかなかお産は進みません。

三人目ということで、お産の進みが早いかもしれないと、分娩室へ入ることになりました。夜中、陣痛が来ては治まるというくり返しで朝方ようやく陣痛の感覚が短かくなってきました。立合出産を希望していたので、ずっと薫ちゃんは、そばにいて私が陣痛に耐えているのを見てきています。薫ちゃんは、別に自分から立合を希望したわけではありませんでしたが、ずっとそばにいてと頼んだ私の要求を飲んでくれたのです。

ヒッヒッフー、ヒッヒッフー。

そう言うのも辛くなり、看護婦さんが先生を呼んだ時は、朝の九時を回っていました。

看護婦さんは、

「もう少しだよー、頑張って」

と、私を励まし、薫ちゃんは私の右上の方で、きっと、早く生まれてくれーっと願っていたに違いありません。

「まだぁ、まだですかぁ、もう嫌だぁー」

何度力んだことでしょうか、渾身の力をこめてやっと九時十一分、待望の長男が産声を上げたのです。

今回の出産はよく覚えていて、スルーッと生まれたという感覚とはまた違って、スッポーンと出た感じでした。

だからといって表現することは難かしく、決して楽だったわけではないのです。

みいとは六年離れているので、いくら経産婦といっても大変だったわけですが、生まれた瞬間はよくあーすっきりしたと言う人がいますが、確かにお腹の中が空っぽになって、

(あぁ、産み落としたんだ)

という実感にホーッとしました。

すぐに、まだ血のついたままの赤ちゃんを私の胸の上に乗せてくれました。

「背中やお尻をさすって、沢山泣かせてあげて」

と看護婦さんに言われ、小さなまだおさるさんの子みたいな血のついた我が子を見つめ

ながら、

「ママだよ、偉かったね。よく頑張ったね。よく生まれて来たね」

と、何度もくり返していました。

赤ちゃんの姿が涙でにじんで見えます。

そばでずっとついていてくれた薫ちゃんも目がうるうる光っています。

「産めたよ……」

私はその言葉を言うのがやっとでした。薫ちゃんも、私の目を見て、うん、うん、と
（よくやった。頑張ったよ。ごくろうさん）

と言ってくれてる気がしました。

もう何の言葉もなくても、お互い幸せを確心していたと思います。

そして赤ちゃんは、お風呂に入れてもらい、薫ちゃんは分娩室で休んでいる私をおいて子供達や両親に生まれたと報告の電話を入れに行きました。

何時間かして病室に戻ると、加奈とみい、そして母が早速来ていました。

何カ月か前に、よその赤ちゃんを見て、

（私も元気のいい、かわいい赤ちゃん産んでやる！）

と思った新生児室の中にまさに今、真っ赤な顔をして誰の子より一番かわいいうちの赤ちゃんがすやすや眠っているのです。

加奈とみぃは
「ママー赤ちゃん生まれたのぉ」

「かわいいね。うちの赤ちゃんが一番かわいいよね」

なんて言っています。

髪の毛は真っ黒でとっても多く、目は薫ちゃんによく似ています。

早く新生児室まで歩いて行きたくて、みんなに、

「どうしてた？」

「眠ってた？」

「もしかして、よその赤ちゃんと間違って見てきてなぁい？」

とか。

薫ちゃんそっくりの
おやじ顔

出産の後、数時間は歩いてはいけないので、時間が待ち遠しくてわくわくしていました。

本当は、ゆっくり眠っていた方がいいに決まってるのですが、興奮していて全然眠れないのです。

それより薫ちゃんは、昨日から一睡もしていなく、生まれて安心したのでしょう。私のベッドに一緒に横になり、いびきまでかいてグースカ眠ってしまいました。

横で寝ている薫ちゃんのそばで、私は薫ちゃんのお母さんに電話をしました。前から、生まれたらすぐ来るよと言っていたのですが、なんせ北海道から飛行機で飛んで来るわけ

なので、いくら急いでも、明日になるよということでした。

今年の二月以来、お母さんからの手紙は何通溜ったでしょう。つわりで苦しい時、体調が悪い時、何度も読み返し、どんなに勇気付けられたことか。

しかし、手紙というのは、不思議な物です。電話では言えないことでも、文章にしたら書けてしまうという点でお母さんともこんなにも親しく娘みたいになれたのも手紙というものがあったからかと思いもします。

でも最近では、声が聞きたくなり、十日に一回は電話をしてしまいます。また、お母さんからも、同じくらいすると電話がかかってきます。

いつからだか、

「私とお母さんて、何か通じるものがあるんだね。きっと」

なんて薫ちゃんに言って笑われる私です。

千葉と北海道では、電話代がかかりますが、私がお母さんと仲良くおしゃべりをしているのを知ってか、

「電話代なんか気にしないで、どんどんかけろ」

と、お許しがでました。

もちろん、お許しなんてでなくても、かけるつもりでいましたけど。

話はだいぶそれましたが、お母さんは次の日無事に羽田空港へ着き、生まれて初めて一

人で千葉の地をふんだのです。

子供達を連れて病室に来たお母さんは、疲れも見せず、

「よかったねぇ、雅《みやび》さん、ご苦労様」

と声をかけてくれました。

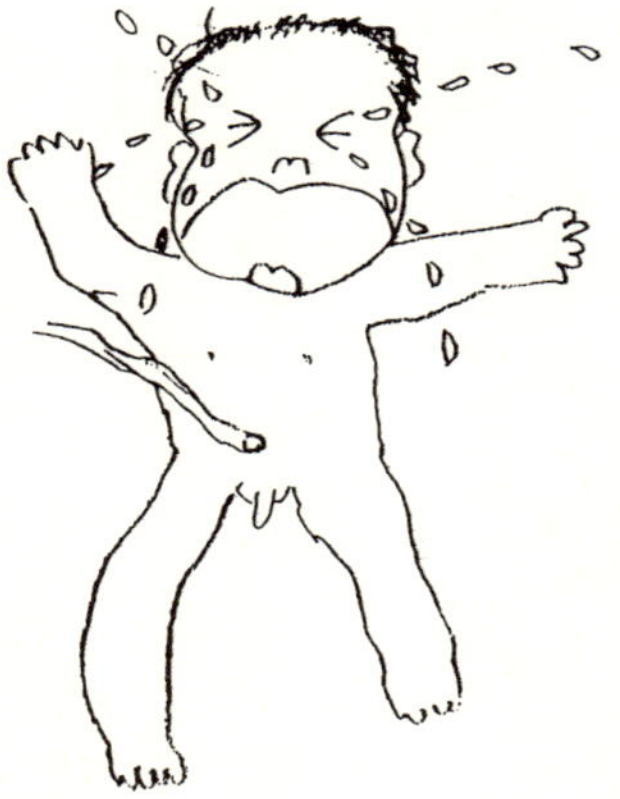

生まれたばかり

お風呂上がり
ベビードレスは、まだ手も
足も長くて出ない！

日記をかくのはとってもとっても長かった。十カ月はとってもとっても長かった。久しぶり

平成九年十二月八日（月曜日）

ついに長男〝寛太郎〟が誕生！　待ちに待った日です。十カ月はとてもとても長かった。元気に大きくなあれ！

六日（土）の夜、七時半頃から水のようなものがスーッと下りた気がしたのでトイレへ――。なんか変みたい。パパが帰ってきてからも何度も水のようなものが出て来るので破水の予感がして、クリニックへTEL。すぐに行くことに――。十時頃着いてすぐ分娩室へ入ったけど全然陣痛が来ない！　何時ごろからか陣痛の間かくが短かくなって、九時十一分に産まれるまでよく覚えていない。ただ夢中で絶対一秒でも早く産みたい、産んでから病室へもどりたいと思った。何よりも〝寛太郎〟の顔が早く見たくて！〝寛太郎〟を産んだ瞬間のことは一生忘れないと思う。もちろん加奈やみいの時もいっしょ。

産めたよ、やっと。がんばって産めたよ。パパ、ありがと。こんなに幸せでいいのかな。早く元気になって、またちゃんと家事のことやるからもうしばらくしんぼうしてね。もっともっと幸せになれますように――。

早く退院したいよ――。

雅の日記より

それから一週間ほど、子供達の世話をしてくれました。

みいはおばあちゃんが来てるから保育所を休むと言って困らせたり、一日中、遊ぼう遊ぼうとせがんで困らせたり、大騒ぎの一週間だったことと思います。

私はと言うと、出産前にカロリー制限であまり食べたい物が食べられなかった反動で、生まれたと同時に、ジュースと、油っこい物が食べたくなり、来る時は必ず何か油っこい物買って来てねと頼み、特にから揚が食べたくてみんながじゃあまた来るよとドアを閉めたと同時に、ベッドから飛び起き、冷蔵庫に入れてくれたジュースやから揚を冷蔵庫の前にしゃがんでムシャムシャ食べました。

それが、自分でも驚くほど早いのなんのって、二、三分程で、冷蔵庫の中身は空っぽになってしまうのでした。それが二日ぐらい続き、私はお腹をこわし、ジュースを一口飲むたびに、トイレにかけ込むほど、重症な下痢になっていたのです。

考えてみたら、きのうのきのうまでカロリー控え目できたのに、いきなり食べ放題じゃ、胃も腸もかわいそうですね。

今思い出してもよくそんなことしたなと思うばかりです。

それから、油っぽい物もやめ、ジュースはりんごジュース、下痢止めの薬を飲み、予定通り一週間後に退院することができました。

私が退院して三日後、お母さんは、北海道へ帰って行きました。

お母さんも働いているため、そうそうお休みをもらうわけにもいかないので、名残り惜しそうな私達を背にやむなく帰ったのでした。

私は産後で、家事はできないので、薫ちゃんや、加奈、みいが助けてくれます。

加奈はお風呂そうじ、みいは洗たく物を干したがり、低い所へ干せるようにして、くつ下やパンツをせっせと干しています。

私の寝ている部屋まで、子供達の元気の良い声が届き、改めて、

「女の子はいいなぁ……」

と思う私でした。

生まれたばかりの寛は、まだ眠ってばかりで、加奈もみいも退屈で仕方ありません。何とか起こそうと、ホッペをつついたり、頭をなぜたり。私に止められて仕方なく向こうへ行きます。

　寛がお腹がすいて泣くとふっ飛んで来て、

「ママー。みい、ミルク作ってあげるよ」

と、言ってくれますが、

「ママ、おっぱいあげるから、ミルクはまだあげないよ」

と、言うと、がっかりして、私がおっぱいを飲ませてるすぐわきにくっつき、ジーッと見ています。

みいは、何だかニコニコです。

「飲んでる。飲んでる。ネェネェ、ママぁ、おっぱいってそんなにおいしいのかなぁ」

羨ましそうに眺めています。

おむつの交換の時などは、必ず来て、お尻の下におむつを敷いてくれたり、特にうんちの時はそばにいて、

「どんなうんち出たか見たーい」

とか言って私が取りかえるのを見ているおもしろいみいです。

うんちも取りかえられるもんと、みいはやる気満々。

そう言えば、お腹に寛がいる時から、お人形のおむつを交換をして練習をしていたっけ。

「やっぱり女の子だ」とほほえましくなったことを思い出しました。

今年も、もう少しで終わりに近付いたというのに、私は初めての薫ちゃん側の年賀状書きに焦っていました。付き合いの多い薫ちゃんは（私から見ると）出す数も多いので、早めに書こうと思っていたのに、遅くなってしまいました。元旦に届くかなと毎年のように思っている筈なのにまた今年もかぁと、半ば自分でも諦めながら最後の一枚の年賀葉書を手にしました。そんなに心配ならもっと早めに取りかかればと思うのですが、あとの祭り。

こうしてやっとのことで年賀状も完了し、一九九八年の元日を待つばかりとなりまし

た。

今年からは、薫ちゃんと一緒のお正月。おまけに一人、寛も増えて、五人揃った賑やかなお正月になりました。

初めてのお正月なのに、長い時間台所へ立てないため、おせちは出来上がっている物を買ってきました。お雑煮だけは作り、ささやかですが、五人だけの元旦を迎えました。

加奈とみいは、薫ちゃんと私からお年玉をもらって嬉しそう。

近くの神社へ初詣に行きました。

三日の午後は、私の実家へ行き、一泊。

加奈もみいもせっかく薫ちゃんが家へ居るのにどこへも連れて行ってくれないと不満気味です。

まだ生まれたばかりの寛を連れてはどこへも行けないので、

「もうちょっとしたらね」

と言って退屈な子供達を宥《なだ》めるのは大変なことでした。

五日からは、薫ちゃんの仕事も始まり、八日からは残り少ない三学期が始まりました。

私は寛の世話に明け暮れる毎日です。

出産はすんだのに、前と同じようにみいの保育所の送迎は薫ちゃんがしてくれています。

月日は瞬く間に過ぎ、四月になり二人の子供達は一つ進級してお姉さんになりました。

ついつい加奈につらく当たってしまう。ごめんね

平成十年一月二十七日（火曜日）

加奈はインフルエンザで寝こんでいる。パパが一人じゃさみしいだろうって加奈といっしょに寝てくれている。

私にはとてもできないやさしさがある人だと思った。今回ほどかぜがうつったら大へんだと思ったことはなかった。寛にうつったらたいへんだし、私にうつったらおっぱいをあげられない。

夜、加奈の部屋からパパと二人の笑い声が聞こえてきた。私だったら早くねなさい。そばでしゃべるとうつるよ。なんて言ってしまうのに。あんなにくっついて楽しそうにおしゃべりしてる。加奈のかぜをパパにうつしな、なんて思ってもそうはできることじゃない！　いっしょに寝てやるなんて！　あの子のかぜがうつっても平気だという。変わってやりたいという気持ちがよくわかる。

ああお父さんなんだなあ。あの人と結婚してよかったなと思った。

涙が出るほど子供達をかわいがってくれてうれしかった。

ほんとうに心から私達を愛してくれているんだと思った。

加奈は五年生、みいは三月に保育所の卒園式を終えて、ピッカピカの一年生。

入学式は、薫ちゃんも行きたいと言っていましたが、寛とお留守番。

上級生のお兄さん、お姉さんの間を歩くみいは、ちょっとだけ照れ臭そうで、それでいて今まで小さいチビのみいよりちょっとだけお姉さんに見えました。

名前も、太田美久ちゃんの声に、はっきり「はい」と答えられ、胸ふくらませ、ドキドキの小学校生活が始まったのでした。

毎朝、加奈と一緒に、

「行ってきまぁーす」

と、元気に出かけて行きます。

四月の終わり、一足早く、寛の初節句を祝いました。

両親、祖母、そして近くに住む姉夫婦を呼び、細やかですが、寛の健やかな成長を祝いました。

それもつかの間、慌ただしい毎日が続いていたせいでしょうが、私はそれからすぐ、右下腹部の激痛に、近くのかかりつけの病院へ行きました。もしかしたら盲腸かもと思いましたが、診察の結果、そうではなくとりあえず、痛み止めの薬をもらい帰ってきました。

でもいっこうによくならず、寛を出産したクリニックに行くと、右の卵巣が腫れていて、腹膜炎になりかけていると言われ、夕方から急きょ入院することに。

もう胸の方まで、苦しくて気持ちが悪くなっていました。

またも点滴につながれ、去年のあの苦しい妊婦の頃が思い出されます。まだ半年ほどの寛もいるのに、こんな時にとやるせない気持ちでした。寛は昼はクリニックの託児所でみてもらいました。

幸い?! 五月のゴールデンウィークの真っただ中ということもあり、最初の一日は加奈は実家へ、みいは、看護婦さんに私の病室へ一緒に泊まるお許しをもらい、薫ちゃんは寛と家へ帰ることに。

大嫌いな点滴も、とうとう腕には入らず、手の甲にしているため、手を動かすと薬液が漏れて腫れ上ってしまうのです。もう二度と嫌だと思っていた筈なのに、こんな所で人生ニコニコばかりでは生きてはいけないんだゾと釘をさされたような感じです。

膀胱炎が続き、飲み物を多く飲んでいるにもかかわらず、全く良くならず、トイレが詰まるほど、トイレ通いをしました。右腹の痛みは、背中の方まで痛み出し、子供達にとっての連休は、私の入院でがっくりしたことでしょう。

今年は寛の初節句。

我が家はマンション住まいのため、田舎のような高い竿に、鯉のぼりが泳ぐことはありませんが、ベランダに飾れる、吹き流しと真鯉が2匹ついたかわいらしいもの。

先日のお祝いに、両親からいただいたものです。

まだ寛に見せても分かるわけはありませんが、家へ帰れない私は、病室から見えるたくさんのクリニックの大きな鯉のぼりを見て、過ごす寂しい数日でした。

連休も最後の日、明日から子供達の学校なので少しは胸の苦しさもとれたし、卵巣の腫れもひいたというので退院させてもらい、何日かぶりに家へ帰ることができました。

ところが、嬉しさに浸って寛の世話をするひまもなく、その翌日、右下腹の激痛で病院へ逆戻り。エコーで見た所、今度は腎臓が腫れていると言われ、肝臓でかかっている大学病院へ紹介状を書いてもらい、すぐに泌尿器科へ行きました。

もちろん、薫ちゃんも付き添いで寛も一緒。

泌尿器科は、初診なので待たされる時間も顔が歪み、具合いが良くないので、早めに診てもらおうと腰を上げた時、やっと呼ばれ中へ。

採尿をして、レントゲンを撮りました。

なんと、膀胱に石があるというのです。尿路結石という診断でした。薬をもらい、水分を多量にとるように言われ、痛みで倒れそうになりながら、家へ帰りました。背中も痛い、胸の方まで苦しい、食欲もなければ、おしっこも出づらい。

「あまり石は大きくないから、この分だと意外と早く出てしまうかも」

と、先生に言われ、ふだん飲み物は一口飲んだらもういいやというほど、あまり水分をとれない私だったのですが、大きめのコップへ、ミネラルウォーターをダボダボと注いで、目を瞑って、一気飲み。

どんなに水を飲むのが嫌でも、これを飲んだら石が出て楽になると思って、無理して飲みました。十分おきに、枕元に置いてあるコップに水を注いでそれを二杯必ず飲み乾すのです。今にも吹き出しそうなのを堪えて、ただひたすら目を瞑って、喉に流し込んでいました。

そんな間にも右下腹が痛み、転げ回りたいのを布団の中でジーッと我慢していました。痛いとか苦しいとか考えないように、何か違うことを考えようと必死に思い浮かべるのですが、苦しい方が先で、なかなかうまくいきません。普段くだらないと思うこと（「今日はどんなテレビがあるかな」とか、「本を出すことになった時、どんな題にしようかな」とか、「お茶わんをどうしたらもっと早く洗って台所から離れられるか」とか、等々……）が頭に浮かんでは、痛みで消え、浮かんでは消え、顔を歪めます。

そのくり返しの中での十分で、夜中はさすがに水の量は減りましたが、ちょいちょい起きて水分をとり、トイレに起きました。

次の日も、痛みと水の戦いです。

加奈もみいも心配して、学校から戻ると、

「ママ、大丈夫」

と、布団のそばへ近寄って来ます。

みぃは前のように（寛を妊娠していた時、安静で寝ていた時のように）コップに水を汲んでくれたりしています。でも今回はあまり頻繁なので、嫌になったらしく、そのうち、部屋へ行ってしまいました。

それから何分もしないうちに、姉妹げんかの声が。

いつも加奈のペンやら消しゴム、ノートや小物を貸してとせがみ、断わられると二人の大げんかが始まります。女のけんかと言っても、ゾッとするくらいすごいもので、四才違いですが、みぃも負けてはいません。もちろん、加奈も一歩も引かず、叩いたり、つきとばしたり、学校では考えられないことが家では起こっています。その上、キャーキャーと高い声やら、みぃを怖がらせるため⁈ なのか、たまたま低い声で威したり。

普段の声より何十倍も高いソプラノです。私はこのソプラノに弱く、いつもぶち切れるのです。私は小さい頃から（生まれつきかな⁈）おでこの右脇に（髪で隠れている）血管が浮き出ていて、今まで何回、この血管がぶち切れそうになったことでしょうか。

狭い家の中で二人の姉妹げんかを聞いている私は、たまったもんじゃありません。しかも、今苦しんでいる最中で、よけい頭がガンガンしてくると思った私は、ついに、いつもの、

「いい加減にしなさーい」

と、何度、ここまで出かかったことでしょうか。それが、怒鳴ることもできないため、

ジーッと布団をかぶり、腸《はらわた》が煮えくり返るのを押え、どっちかが助けを求めに来るのを、今か今かと、待っていました。案の定、みぃが私の枕元へ走って来ました。みぃも私の今の状態は知っているわけで、

「ママねぇ、お腹が痛いの！　石が出ないとねお腹切るかもしれないんだから、そうしたらママ痛いから嫌なの。だからさあ、△×○※△□×○……」と、弱々しい声で（無理してるわけでもない）ああでもない、こうでもないと、宥めたり、おどかしたりして、頼むから静かにしてくれと頼みました。

それが分かったのかどうか、大人しくなり、私の頭は痛くならずに、腸は、煮えくり返った途中で冷めていきました。

しかし、もう一人のまだ口の利けない寛はというと、この一大事など知るよしもなく、よく眠り、気嫌よくしてくれていました。

昼は、私がなんとか見ていましたが、三時過ぎに加奈やみぃが帰って来たので、倒れるようにバトンタッチしたわけです。

加奈も、おむつやミルクもあげられるようになり、どんなに頼もしく、助かっていることか私は実感していました。母乳はまだ出ていましたが、五月の連休の入院の時から、薬を飲んでいるのでそれを心配し、あげなくなっていました。

日も落ち、夜になっても、私は食欲がなく、お腹のすいた子供達はコンビニで買って来

て夕食をすませたみたいでした。

もう何十回もトイレへ座り、石が出た時に便器の中へ落ちないように石を受けとめるための網に石が落ちないかと願いつつ。八時過ぎ、ついに待望の石がカランと落ちたんです。どのくらい水分をとったか知れません。あまりの感動に、私の口は、開いたままポカンとそれを見つめていました。徐々に喜びが沸いてきて、大急ぎで、私は、

「出たー」

と叫びながら、子供部屋へ入って行くと、加奈が冷めた声で、

「何が出たのよ」

と言うし、みぃは、

「何、何、ママ！　何が出たの！」

と、いつもの興味津々の目で私を見ているし。

なんだか石を見せるのがもったいなくなった私は
「何だと思う？」

なんてじらしたりして——。

その後、

「よかったね」

やら、

←こんなやつ
プラスチックでできていて、使わない時は、小さくたためる。
尿道に下りていた。8.4㎜の黒っぽい（真っ黒くない）石がやっと出た！

「何でこんな石が出てきたの？」

やら
「どっから出たの？」

なんて質問ぜめにあったのでした。

あまりの嬉しさに、薫ちゃんのケイタイに電話をし報告。

「やったじゃん」

と、ホッとする薫ちゃん。

でもまだ背中と横腹は痛いまま。起きていられるほどではありません。

次の日、落ちた石を持って病院へ行き、その石が何でできているのか（成分やら）を調べるというので、検査に出されました。

私は、せっかくだから記念にほしいなとちょっぴり思いましたが、黙っていました。

石は出ましたが、今日は造影検査の日でした。点滴をしながら、腎臓と膀胱に薬を流し、レントゲンを撮るのです。肝臓の血管腫の時も肝臓に薬を流し、撮りましたが、私はとても恐がりなので恐ろしくてたまりませんでした。

今回の検査もドキドキでした。

点滴がもう終わりかけてきたのを見て、

（これは危ない。このまま薬が流れなくなったら、もしかして空気か何か入って死んで

しまう）

と思った私は、ジーッと上の点滴の液を見つめていました。ギリギリまで、誰か来てくれるのを待っていましたが、どこへ行ってしまったのか、看護婦さんも技師の人もいないようで辺りはシーンとしていました。

（このまま、だまっていたらダメだ！）

とっさに、私は、

「すいません！」

シーン

「すいませーん」

みるみるうちに腕の方の管にも点滴の液がなくなって空っぽになってしまいました。

（もう死ぬ。助けて。死にたくないよー）

「誰かすいませーん。誰かーいませんかー」

大声で、我をも忘れて叫んでいました。自分でも、どんな顔して叫んでたかも分かりませんが。

そこへスタスタと看護婦さんが、

「あぁ、終わりネ、大丈夫なのよ！」

と、あっさり。

もうとっくに薬はなくなっており、私は、

（何が大丈夫だよ。ふざけんなー）

と、針を抜かれながら、腹の底で思ったのでした。

レントゲン室を出て、ろう下に座っている薫ちゃんを見ると、な、な、なんとこっくり、こっくり腕を組んで寝ているじゃないですか。私は薫ちゃんの肩をトントンと叩いて、隣りに座りました。さっきの助け声など耳に入っているわけもなく、ただただ恐怖の点滴話を薫ちゃんに聞かせて、うっぷんを晴らしたのでした。

あの何分かの必死の叫びが誰にも通じなかったのかとたまらなく寂しい気持ちでした。

その二週間後の検査結果は、石はごく一般的な成分のもので、レントゲンではやはり石はもう写っておらず、他に心配することはないとのこと。

よくできる石の一種らしく、悪い成分のものではないと先生は言っていました。しかし、三年以内に高い確率で再発があるから、普段から、水分は充分とるようにと何度も言われて病院を後にしました。

遺伝性のものがあると先生から聞いていましたが、実は父に
「石があってさぁ……」

と電話したら父も
「昔、お父さんも石があって……」

と聞いていたのです。

何だかすごく嬉しそうに得意気になって喋っている電話の向こうの父に、

（娘が苦しんでるっていうのに、親っていうのはどこが似るにしても嬉しいものなのか）

と思った瞬間でもありました。

まぁ父の場合は、一度石が見つかり、薬で出たそうで、そのまま再発することもなく現在に至っています。私は一年に一度くらいのレントゲン検査をしていこうということに終わりました。

そうこうするうちに、また腹部のエコーと採血の予約が来て、その結果は、今までで最高に悪い結果でした。肝機能の数値が上がり、毎日何もしないのに朝からだるくて寝ても横になっても疲れがとれないといった状態でした。口で説明するのは難しく、本人でなくては誰もこのだるさなど分かってもらえないほど、辛いものです。

子供達は、

「ママ、だるい、だるいって何もしたくないからいつも横になってるんでしょ？」

とか、

「ずるいよ、ママは。私達ばっかり手伝わせて自分は寝てばっかりいて、よそのお母さんは何でも一人でやるのに、何でよ。もういい加減にしてよね」

と、心につき刺さる言葉もありました。

その度に私は、

「ママだって好きで寝てるんじゃないよ。あれもしたいこれもしたいって思ってるし、お前達に手伝ってもらわなくても一人でどんなにかやってしまいたいことか。それができないから、あんた達に助けてって言ってるんでしょ」

もう私は半ベソの状態です。加奈は、私の姿を見て、

「また泣いてる」

と、あきれた顔をしています。

もう悔しくて悔しくて、腹も立つし、横になると起きることさえできないくらいだるい体に、苛だってくるのでした。

こういう時いつも薫ちゃんは、

「焦るな、焦るな。大丈夫だよ」

とホッとする言葉をかけてくれるのでした。

石が出て、ホッとしていたと思ったら、今度はまた肝臓かと、もう嫌になってきました。

とにかく「気の持ちよう」という薫ちゃんの言うのを信じて、食事は、たんぱく質やビタミンCを多くとったり、充分睡眠をとる、食後は最低三十分は休む、ストレスはためない、食後一時間はお風呂には入らない、などなど。完璧ではないものの、努力はしていこうと思っています。

いつの間にか背中の痛みは消え、七月になっていました。

寛も七カ月となり、立つまではいきませんが毎日そこら辺を這い回って、家中運動会みたいです。

加奈とみぃはもうすぐ夏休みで、ルンルン気分かな？

七月二十六日～三十一日は、北海道の薫ちゃんの実家へ行く予定になっています。

私の両親も一緒に行くことになっていて、道南を観光することになっています。

前回、初めて行った北海道は、私と加奈にとってとても辛い思い出が残っているため、今回こそは楽しい思い出を、少しでもみんなと馴んで帰って来れるように、悔いのない旅にしたいと願っていました。

去年も、薫ちゃんは
「いつものまんまでいいんだよ」

とか
「気取っていい所見せようとしても、いつかボロが出るんだから、そのまんまでいいの」

なぁんて言っていたけれど、それもまた難かしく思われてなりませんでした。とにかく、力を抜いて無理して気に入られようとしてもダメだと言うこと。少しだけ、気が楽になった気がしました。

でも加奈はまだ子供。そんなに簡単に気持ちの切替えができる筈もなく、一日、一日と近付くにつれて、憂うつさはピークに達していたのです。

私は自分に言い聞かせるように、

「いつもの自分でいいんだよ。無理に喋ろうと思わなくたっていいの。いつもの加奈でいいんだから」

と言っても、

「だっていつもの加奈は、おしゃべりでずっと喋ってるよぉ。それなのに緊張しちゃって喋れないし、ご飯だって食べたくなくなっちゃうんだもん」

「うーん。そうだよねぇ。ママも、この前の時はそうだったよ。じゃあさぁ、ママがお皿に取ってあげるよ。ネ、そしたらそれを食べればいいよ。ママの所へくっついていなよ」

「えー。変だよ。ママの所なんて。ずっとくっついてたらおかしいでしょ」

もう、加奈も今にも泣きそうです。

私も加奈の気持ちが痛いほど分かり、みいとは違う苦労をしているんだなぁと、一緒に涙が出てきました。ただただ、励まししかありませんでした。

父は、昔、会社の社員旅行で北海道へ行ったことがあるみたいで、薫ちゃんと一杯やった時などは、もう何十回も行ったことがあるかのように自慢気に旅行話に花を咲かせていました。一方、母は、一度も飛行機に乗ったことがなく、飛行機の心配で頭が一杯だと言っていました。

着々と準備が進み、ついにその出発の日がやって来ました。

羽田から一路千歳へ。

母は千歳で降りた時、初めて乗った飛行機に感動した様子で、耳がちょっとへんになっちゃったよと、興奮していました。

私も毎回（と言ってもまだ数回ですが）耳が痛くなり、初めて乗った時はもうそれはそれは大へんでした。

隣りに座っている薫ちゃんに、

「何か耳が痛い」

と、もうほとんど聞こえなくなった状態で助けを求めたことを、きのうのようによーく覚えています。

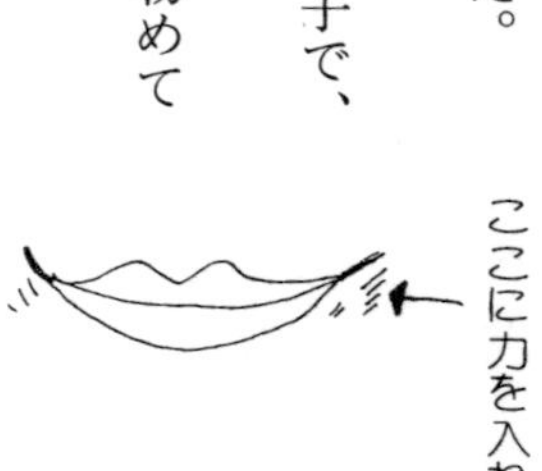

薫ちゃんは、何やら口をパクパクさせているのですが、全然何を言っているのか分からないし、ますます私の耳は鼓膜が破れるかと思うほどツーンと痛くなり、あまり痛い痛いとうるさいので、薫ちゃんは、私の鼻をつまみ、自分の口をんーと結んで見せて、鼻をかむように目を瞑り、ふーんといったように私に見せている。
私も鼻をつままれているので、そのまま子供みたいに言われるまま、ふーんとやってみたのですが、全然痛いままでちっとも治りません。首を振って私の口はへの字で今にも泣

きそう。薫ちゃんは、もっともっとと言うように、何度もくり返し、さっきと同じ動作を私にして見せます。

何度かくり返して、思いっきりふーんとやったら、ツーンと耳が通って、辺りの声が聞こえるようになりました。

（あー治ったよぉ）

とホッとして薫ちゃんの顔を見たら、

（まったく世話が焼けちゃうよ。）

みたいな顔して笑ってたっけ。

でも今年は自分の事よりも寛が心配で、もし、痛くなっても私のようにはできないし、ただただ大泣きするばかりで鼓膜が破れないだろうかとか、周りの人達に泣いたら迷惑かかるなとか、もう心配ばかりしていました。ところが、当の本人は飛行機の中でぐっすり眠ってしまい、千歳に着くまで起きませんでした。

さて空港からバスに乗り、札幌の清田区方面へ向かいます。前に来た景色とはまったく違う、雪の野原だった草原も、一面、緑になっていました。心なしか、気分も前とは違っていました。早くみんなの顔が見たい。楽しみな気分に変わっていたのでした。

終点で降り、そこまでお母さんとお兄さんに迎えに来てもらいました。

私達は車二台に別れて薫ちゃんの実家へ向かいました。

前から聞いていたことでしたが、北海道の夏は千葉の夏とは違い蒸し暑いということはないそうで、暑くてもカラッとしているんだと。

これには私もびっくりしました。はっきりと分かりました。汗をかいてもベタベタすることはあまりなかった気がします。

最初の晩、近くに住む薫ちゃんの姉夫婦と子供達も集まり、みんなで夕食を食べました。あれだけ苦痛だった食事も平気で食べて、喋ることもできる自分がいたのです。

私は、漬物を口に運びながら、去年の食事のことを思い出していました。

（スキ焼きで、食べることもできなかったなぁ）

（やっと小鉢にとったのはいいけれど、箸が進まなかったなぁ）

と、一人でふり返っていました。

その時、寛が私の前にあった小皿に手を伸ばしたので、ふっと我に返りました。ちらっと加奈を見たら、照れ臭そうではあるものの、頑張って箸を伸ばして食べているのを見て、私はホッとしました。みぃは言うまでもありません。と、いいたい所ですが、ああ見えても、繊細な所があるのです。

普段何にも考えていなくて、人なつっこく見えるみぃでも、誰にも言えないくらいショックなことがあったり、子供ながらに気を使ってみたり、いつもより大人しくなったり、小さなみぃの胸は私の考えもしないことを考え、時には一人ショックを受けたり、傷ついたりしているのでしょう。話はそれましたが、その日は久しぶりに会った兄弟達が遅くまで酒を酌み交していました。

私の父と母は長旅の疲れで先に休んでしまい、子供達三人も眠ってしまったので、私も兄夫婦と四人で居間で何を話すわけでもありませんが、楽しい時間を過ごしました。

次の日、私達家族五人と義姉さん、甥二人と留寿津の遊園地へ出かけました。両親と義母は、義兄が札幌観光をかって出てくれて、助かりました。暑い炎天下で遊園地ではどうかと、前から計画を立ててくれたのです。

札幌の時計台を初め、北海道大学、ポプラ並木、昼はすすきのでラーメンを食べて、大倉山のジャンプ台を見たり、どこも初めて見る所でとても楽しかったと、帰ってから言っていました。

夫婦で写った写真も私は初めて見た気がします。

（この年になって旅ができて、良かったね。それもこれも、みんなのお陰だね）

夕方は、洞爺湖の高台にあるホテルで合流。夜、ホテルの外で洞爺湖の花火大会を見て、和気あいあいとした二日はあっという間に過ぎました。子供達もすっかり慣れて、いとこの小六、中一のお兄ちゃんにもみいはわがままの超連発。

私としては、嬉しいやら、あまり言うことを聞かないみいにムッとしたり。少しその気ままな性格を加奈にも分けてあげたいとすら思います。

やっと慣れてきた所でもう別れなくてはならない日があっという間に来てしまい、またの再会を約束し、三日目からは、我々と両親でレンタカーを借りて函館へ向かいました。せっかく北海道に来たのだったら函館の夜景を見せてあげたいとの薫ちゃんの希望で決まったのです。長い距離を順調に走り、ようやく函館に着きました。五稜郭や金森倉庫、外人墓地、立待岬にトラピスチヌ修道院、有名な朝市にも行きました。

楽しいことはあっという間に過ぎ、五泊六日の旅は終わりとなりました。

この旅で一歩、義母や兄、姉夫婦と仲よくなれたことを実感しました。

（大勢で旅をしたり、わいわい集まるっていうのは楽しくていいなあ）

と思うのでした。

こうして夏休みの思い出もでき、秋には、みぃの初めての小学校の運動会がありました。早起きしてお弁当作り。早起きは大の苦手の私ですが、たまのお弁当の日などは、はりきってしまいます。加奈は冷凍食品でいいと言うけれど、私はどうも普段からあまり好きではなく、腕を奮って手作りにこだわってしまいます。たいして凝ったものは作れないけれど、後でおいしかったよ。なんて言われると嬉しくてついつい今度も頑張って作ってあげなくちゃって思っちゃうんです。

そんなこんなでなんとかお弁当は出来、前の日に場所取りをしてシートを敷いてきていた薫ちゃんの後に続いて歩きます。寛は、薫ちゃんが抱いています。お弁当も、薫ちゃんが持っています。

私は、水筒に寛のおむつが入った軽いリュックを一つ持っているだけです。

買物に行ってもいつもこうなのです。

今よく、若い男の子が女の子のバッグを持ってあげるとかいうのとは全く違うけれど、食品などを買うと重いし、持ったとしても一番軽いやつ（ティッシュやおむつ）を持たしてくれます。よっぽど私は、恐妻なのか虚弱なのか……。

姉に言わすと、

「いいねぇ、うちと全然違うねぇ、変わってもらいたいよぉ」

とおのろけに聞こえているのか、お前も少しは手伝えよと言われているのか、複雑な気分でした。

一年生の五十メートル走が始まり、両親が一緒に来ていたので寛を預け、カメラを持って薫ちゃんと走って来るゴール近くでソワソワ。

（あっ、来た、来た）

自分の子とよその子を間違えて、写真を撮ってしまって、薫ちゃんに、

「ドジだな」

なんて言われたり。

親子競技では、一年生の玉入れに薫ちゃんが一緒に出たり。

パパっ子のみぃは、ニッコニコ。

加奈は友達とのお喋りの方が楽しいらしく、昼もそこそこ食べ終わると、友達の所へふとっ飛び。話をする暇もなく、まったく寂しい限りです。

昼からは、寛はお昼寝タイム。

十月も近いというのに日ざしは強く、九カ月の赤ん坊にはちょっとかわいそう。私達はシートの上に持って行った座ぶとんを敷き、母の日傘で日が当たらないように寛の上に被すようにしました。親にとっての大仕事はやっと終わり、何もしていないのに一番疲れた顔をしていた私はみんなに、

「大丈夫、疲れたでしょう」

と言われながら家へ戻り、バタンキューの一日でした。

月日は、一九九九年、二回目の薫ちゃんと過ごすお正月。

お雑煮を食べ、今年も薫ちゃんからお年玉をもらい、早速、元日のうちに実家へ年始のあいさつに出かけました。それ以外はどこへも行かず、ゆっくり家で過ごし、子供達はまたまた退屈なため、だだをこね、薫ちゃんや私に
「ねぇ、ねぇ、どっか行こうよぉ」

と、せがむのでした。

仕方ないので、近くの古本屋へ行ったり、公園へ出かけたり、みぃが自転車に乗れるよ

うに（もう大分乗れるようになっていたけれど）薫ちゃんが特訓してやるとかで、そばの小学校まで二人で出かけたりと、とにかく家にいるのが嫌いな家族のようです。

そして退屈なお正月が過ぎ、一月の私の泌尿器科での定期検診で、レントゲン検査の結果は、またもやびっくりする石の再発。左右の腎臓に一つずつ。レントゲンでまた砂のように小さい石が発見されたというのです。まさかの再発。

（まだ二年には早すぎるでしょ？　ついこの前だよ。石が見つかってやっと出たのは）

ガクッと気分は沈み、肩を落としている私に、先生は、

「そんなにすぐ大きくなるものじゃない」

と言われたけれど、あまりのショックに、ますます食生活に気を付けなければと、肝に命じて帰ってきたのでした。

食生活とは言っても、肝臓には良くても、腎臓にはあまり良くないものもあったりして、あまり気にすることはないと言うけれどそうもいきません。

本屋へ行って本を買ってきたり、新聞に載っていた石が溶けるという漢方を注文したりと、自分に納得がいくまでありとあらゆる物にすがりました（ちょっと大げさです）。

実は去年の五月の肝機能の検査結果が今まで以上に上がったため、薫ちゃんの知人から肝臓にいいとウコン（しょうがの一種）を頂いて、それを煎じて飲んでいるのです。

最初はなんとも言えない漢方の鼻を付く臭いと味もとてもすんなり飲み込めるほどおい

しい物ではありませんでした。少しずつ量を増やしていき、徐々に慣らしていきました。一日二回は必ず湯のみに一杯飲んでいるうちに、だんだんと飲めるようになって、朝、夕と関係なしに一日中、水変わりに飲めるようになりました。

沖縄では、ウコンは長寿の飲み物だそうで長生きするのも分かる気がしました。煎じている間は、臭いもプンプンしており、薫ちゃんや子供達は、臭い臭いと言って近よりません。

「一口飲んでみなよ。薫ちゃんもお酒飲むんだからどんどん飲んだ方がいいよ」

とそばに持って行くと、嫌がり、それがおもしろくわざとふざけます。

加奈もみいにも「ちょっと飲んでごらん」と言ってはだまして飲ませましたが、だれも「うえー」

とまずーい顔をして、もう二度と飲もうとはしませんでした。

唯一、たまにテーブルの上に置いてあるウコンの入った湯のみを間違えて寛が飲むぐらいでしょうか。ちょっとまずそうな顔はしますが、喉が乾いているとそのまま飲み干すのは、まだ味覚というものがないのでしょうか。

そんなわけはないでしょうね。

その石が溶けるやらの漢方はすぐ続かなくなり、今の今まで続いているのはウコンだけです。今日も朝からせっせと飲んでます。

一月、二月は特に寒く、インフルエンザが流行し、なんと私もその流行に乗ってしまったのであります。そもそも、あまりかぜをひかないみぃが、どこからか、かぜをもらってきて、その後、寛に移り、私に来たのです。朝から、三十七度少しの微熱があり、夜、九度過ぎまで上がると、体中痛く、喉や頭もひどく痛みました。私は平熱が低く、普段は三十五度八分ぐらいなので、六度ちょっとあるともうだるくてダウンしそうになるのです。近くのかかりつけの病院へ行って診てもらうと、すぐに布団に入り、うなりながらガタガタと震えていました。

薫ちゃんは、昼帰ってきて、ご飯を作ってくれていますが、寛は、私が朝から寝こんでいるのでつまらないらしく、ガチャガチャと鍵を開ける音がすると、遊んでいたおもちゃを放り投げてはいはいで猛ダッシュ。

薫ちゃんに抱っこのおねだりに行きます。

「おー寛、ただいまぁ」

目を細めて抱き上げるのです。

私が寝こんでから一週間くらいは家の中はゴチャゴチャ。もちろん、洗たくや台所はみんな協力してくれるけれど、部屋のそうじまでは手が回りません。家の中は足の踏み場もないほど、汚なく、もともと意外ときれい好きな薫ちゃんは、限界になっていた?! 散らかしやの寛に、みぃ?! こういう時、一番怒られるのは決まってみぃです。

ついに出た、

「こら、片付けろ！」

の声にみぃは
「待ってー」

いつもの調子。

しかし、今日は、いつもの薫ちゃんじゃあない。

「みぃー、みぃー、ちょっとこい」

大きな声に、向こうの方からもう半べソをかいているみぃ。

「早く片付けろよ」

夕食の仕度をしながら、何度も注意する。

加奈ばかりをほめるわけではないけれど、あまりもう散らかさなくなったので、そうそう怒られないのです。

むしろ、みぃに、

「片付けなさいよ」

と注意するほどですが、私から言わせれば、妹が叱られてるのを見ていて平気なのと言いたくなってしまうのです。

それに、妹が叱られているのを見て、嬉しそうな顔つきをたまにしている加奈子を見ている私は（冷たい女だね）と、思ったりして。

やっとみいも動き出し、人形やカラーペン、おえかき帳に、色えんぴつ、童話の本に、脱いだくつ下、どんどん片付けてきれいになって、

（あーこれで一段落、良かったぁー）

とホッとしていると、台所から薫ちゃんが、ズカズカゴミ袋を持ってきて、私がとっておいた新聞のチラシやこれからゆっくりと読もうと思ってわざわざ新聞の一面をとっておいたのやらを、ホイホイと捨てているのです。

（何か、あやしいなぁ）

と、思った瞬間はもう遅かりし、寛がお腹に入っていた時も、安静にしていて大事にしておいた切りぬきを捨てられて大げんかをしたことがあるのです。

薫ちゃんが
「片付けろー」

と言った時は、いくら私が寝込んでいる時でも容赦ないので、おちおち寝てもいられません。

私は、布団からスッと起き、

「薫ちゃん、それ今の新聞捨てないでよぉー、わざわざとってあるんだから。ゆっくり後で見ようと思ってとってあるの！」

「お前なぁ、そんなに大事なんだったら、ちゃんと俺の見えない所へしまっとけよ」

「はい」

何も返す言葉もなく、素直に返事をし、急いで、捨てられた新聞を後生大事に拾ったのでした。

薫ちゃんはぶつぶつと何か言いながら、ゴミ箱のゴミを集めて終わりにしました。

私は明日もあさってても、こんなことになったらかなわないので、一日も早く元気になり、元の生活へ戻らなくちゃと思ったのです。

まぁ、薫ちゃんの言うことももっともで、加奈にも注意されるほど、どちらが母親だか分からないダメママです。

それから日に日に体調もよくなり、寝床から解放されたのです。

そして今、もう少しで、二〇〇〇年になろうとしています。

今年もいろいろなことがあった年でしたが、はちゃめちゃなことがあった年ほど、後で懐かしく思えます。

二〇〇〇年のお正月は、初めて北海道で過ごすことになっています。

そこではスキーを初体験する予定です。

だんだんと家族というものが、形成されて来ているような気がして、この先、楽しみで仕方がないのです。

平成十年二月二十六日（木曜日）

薫ちゃんが子供達をしかったあと、私なりの一言を書いてみた。今までにも何度となく私達は悩んだり、話し合ったりけんかをしたり――。でもこんなこともあって現在の家族ができてきた。

私達、もうすぐ結婚二年目に入るけど、初めて子供のことで心配になっちゃった。寛はほっといても大きくなるような所あるけど（今のところは）二人の子は今が一番かまってほしい時なのかもしれないよ。

ふだんから怒ったり、泣いたりすごいけど、寛がふえた今、寛の倍以上かまってやった方がいいんじゃないかと思うんだ。けっして寛をほったらかしたり、いいかげんに育てるわけじゃなくて――。人間は完璧じゃないから、失敗しちゃうことだってあるよね。そんな時はちゃんとホローしてあげるね（気がついたらだけど）。薫ちゃんだけにその苦労がいかないように三人の子は二人でなんでも相談しながらりっぱに育てていこうよ。

今日みたいに、また、たまには話をしながら――。

ＰＳ：ゴメンね、苦労かけて。

雅の日記より

後　書　き

人生、
格好つけて生きて行けないし、
そんな甘いもんではない。
気がつくと、
無我夢中で生きてる
自分がそこにいる。

私の病気も親不孝したバチが当たったのだと体調が悪い時はそんなことを自分に言い聞かせて、親を困らせると一生泣くことになるんだなぁとか……。

しかし、誰の体でもない、一生付き合っていく私の体がなんとなく愛しく思えてきています。

肝臓の血管腫も、肝炎も、結石も、みんなみんな……。

しかし思い変えれば、警告であって、信号にたとえたら黄色なのです。

いつしか私は、もう一人の自分と葛藤するようになりました。

例えば、「明」の私と「暗」の私。

もし私の中の「暗」が勝ったとしたら、その時私はきっと暗くなっているでしょう。病気のことでガクンと肩を落とし、グズグズ、メソメソしている私と、薫ちゃんに励まされ、気の持ちようだと言われ、明るくなろうとしているけれどなれない私。

(そんなの分かってるよ。でも気の持ちようって言っても気持ちだけじゃ元気になんてなれないよ)

と、「暗」の私が勝ってしまう。

という具合いです。

自分を見つめるという意味では、誰もが持っている心の中の自分と向き合うのは、私自身にとって、プラスになっていると最近気が付きます。

いつしか私を変えた、私に関わってきたみんなにお礼が言いたい。

それは、逢う人、逢う人が私のプラスになり、生きる糧になるのですから。

目を瞑り、今この幸せを実感する。

いつの間にか、逆境に強くなったような気がする。そして、逆境が多ければ多いほど、私は家族というものの絆を深め、また、努力しようと心に決意するのです。

唯一、こんなにぐうたらで泣き虫、甘ったれの私が、どうして薫ちゃんに愛されるか分からない。

私達家族は、これからも五人一緒。

病む時も、元気な時も、悲しい時も、悩める時も、どんな時でも離れることはないでしょう。

そんな家族になっていくよう、努力を惜しまず生きて行きたい。

娘や息子が、それぞれ、嫁、婿に行くまでは――（今考えても泣ける）

明日はどんなことがあるか、ハラハラ、ドキドキ、楽しみだー。

著者略歴

太田　雅（おおた　みやび）

昭和43年6月10日　千葉県生まれ。

現在、夫と一男二女の五人家族。

育児の傍、執筆活動に励む。

目下、太田ファミリーの更なるハチャメチャぶりや、ドジでおかしなエピソード、またおじいちゃん、おばあちゃんにも楽しんで読んでもらえる様な、懐しくて、あたたかい思い出話を思案中。

温もりのなかで

2000年9月1日　初版第1刷発行

著　者　太田　雅
発行者　瓜谷綱延
発行所　株式会社文芸社
〒112-0004　東京都文京区後楽2-23-12
電話　03-3814-1177（代表）
03-3814-2455（営業）
振替　00190-8-728265
印刷所　株式会社　エーヴィスシステムズ

ISBN4-8355-0547-6 C0095